視界良好《しかいりょうこう》 2

視覚障害の状態を生きる

河野泰弘

北大路書房

ひとりひとりの視点を
補っていくと、その先には
なにがあるのだろう。
すべてを見たい、
もっと見たい……。
それぞれの「目」を合わせれば、
「見え」はより進化していく
のかもしれない。

河野泰弘

（筆者による墨字《すみじ》）

視界良好2

まえがき

私は大学の卒業後、主に盲ろう者の人向けの通訳・介助者として活動していました。また、学校関係の仕事をし始めた頃には、私の初めての本『視界良好』を書き始めてもいました。その本は、先天性全盲である私が親のもとで育ち、学校に通い、東京で一人暮らしの生活をしながら大学を卒業、上記の活動や仕事を始めたところまでの経験で得てきた自分自身の〝見方〟がどのようなものか、身近なテーマで書き綴ったものです。一般の読者の方に読んでいただきやすいよう、通常いわれる五感のうち、聴覚・触覚・嗅覚などに区分して〝見ている自分の姿〟を書いていました。同時に、目の見えない私でイメージできることや、そうはしにくいことも記していました。

その本を通じ、全盲者について一般に理解されている内容とすこし異なっているであろう私特有の〝見方〟について知ってもらえれば、いろいろな人のお役に立てるのでは…、と。生まれつき視覚のない人はおそらく多くの不自由を抱え生活上困っていることが多いだろう…、といった理解のされ方とはすこしちがう、私自身の生活の楽しみ自体を知ってもらえるのではないか…、と思ったのです。もちろん私が多くの方々の支援のもとで過ごしているのは事実ですが、正直本当に快適に生活を楽しんでいるのです。それは、前著刊行10年後の現在も変わりません。

さて、前著後の私ですが、それまでの生徒・学生の立場でなく、謂わば〝社会人〟の立場で生活してきました。それが可能となったのは、私の幼い頃からの生活や学習の積み重ねによって、一人でものを〝見る〟生活力が蓄えられてきていたからかと思います。そこで、今回の本では、まずは幼少期からの自分の生活全般にわたっての経験と気付きについて思いのままに書き綴ってみたい、と思いました。つまり、前著のように五感に切り分けて〝見る自分〟を説明するのではなく、感覚全般を繋げ関連させながら、実感や体験の記憶を重ねて現在の〝見る自分〟になってきたことを記してみたいと思ったのです。そうして書き進めることで、30歳代となった現在の私自身の〝見方そのもの〟や〝見るとは何か〟についての認識がさらに進化させられたような気もしているのです。

実は、本書『視界良好2』は、1~5章まで書き終え、その後に、少し先の未来への希望や夢を記し、最後に私がいま取り組んでいて「ほんとにきびしいなー」と実感している〝就活〟のことを紹介して終わるという構想でいました。ほぼ前著同様百ページほどで、あくまで一視覚障害者の〝ものの見方〟についての書き物として、いったん完成・脱稿したつもりでいました。ただ、これからの夢や希望、自分にまつわる就活のこと、それらについて身のまわりの生活のことを考えているうちに、たんに一人の障害者として書くという枠に窮屈さも感じるようになりました。そこで、人としての自分自身やまわりの人との関わり方、社会についての思いなど、自由に綴ってみたいといった欲が出てきたのです。その中で、もっと他のとらえ方の予感も湧いてきて、私にとって新しい別の窓も開いたように感じています。それらを整理し、6~9章の第Ⅱ部としました。第Ⅱ部は、拙い内容も含んでいると思いますし、素朴に過ぎるかも知れませんが、30代半ばの自分自身の人としての思いを記したいと思ったのです。さらには、「人とは何だろう」といったテーマも見えてきたりしました（もし別の新たな機会があればもっと掘り下げて整理して書いてみたいと思っています）。それで、もとの構想で本書の最後に入れようと思っていた原稿は、それぞれ分散して第Ⅰ部・第Ⅱ部の末尾にロング・コラムとしておさめることにしました。

このようにして完成させた本書『視界良好2』ですが、あくまで私個人の経験上のことですし、進化と言っても生物学でいわれる進化を遂げたというわけでもないかと思います。私が他の人との関わりの中で実感し続けてきた〃ものの見方〃あるいは〃よく見えるとは何か〃という理解についての少しばかりの深まりに過ぎないものと思います。読者のみなさんが21世紀のこれからを生きていくにあたり、本書が何がしかのヒントとしてもらえることがあれば、これにまさる喜びはありません。

河野泰弘

もくじ

第Ⅰ部

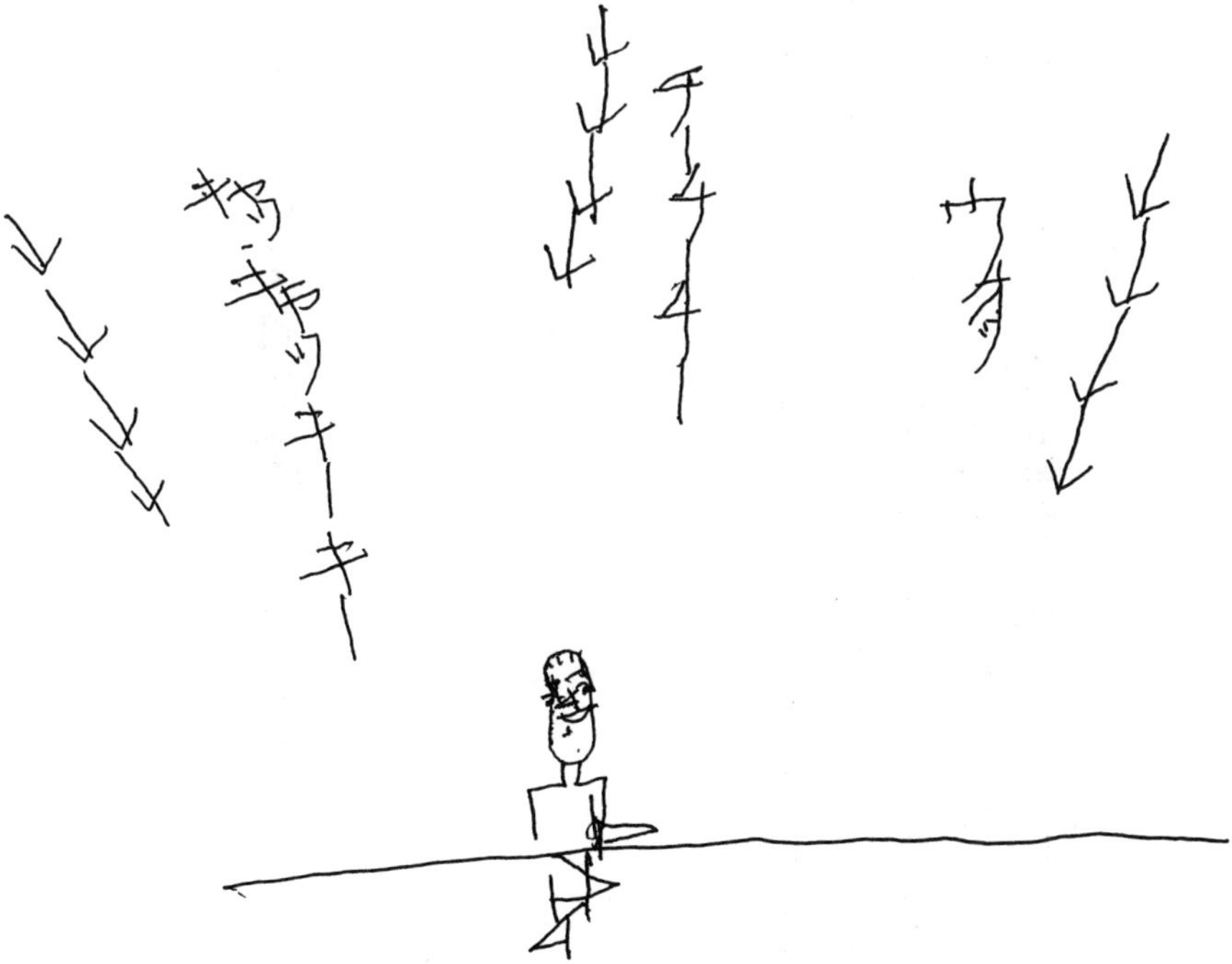

動物園での私

1章

〝見ること〟とそれを広げること

自然な「振る舞い」って？

私は生まれつき目が見えないことを知っていました。その事実は知りつつ、他の人と同じように行動したい、いろんなものを知りたいと常に感じていたと思います。また、いろんなことをしたり、知ったりする時、他の人と同じようにしているつもりのことが多くあったと思います。他の人は自然にどのように過ごしているのか、常に関心をもっていました。そのような私が、少し成長した13歳か14歳になった頃、ある人に手引きしてもらい道を歩きながら、道端の花や景色についておしゃべりしていた時のことです。その人が不思議そうに私に訊ねました。

「どうして手を振らないの？」

訊かれた私の方はびっくりしました。確かに手引きされていない方の手をまっすぐ下に伸ばしたまま歩いていました。自分がそのようにして歩いているのに初めて気付いた場面でした。一緒に歩いていたその人は、少し歩調をゆるめ、自分の腕に私の手を軽く触れさせてくれました。手が自然に振られているのがわかりました。

「ためしに手を振りながら歩いてみて」

言われた通り、そうしてみました。空いている方の手を大きく前後に動かしてみます。でも、なんだかおかしい…。不自然な感じです。肩に力を入れてグイッグイッと振ってしまっているのが自分でもわかります。

「ブラン、ブランと自然に振ってみたらどう？」

そこで、今度は意識的に力を抜いてみました。なんとなく「自然な手の振り」感覚がわかってきたように思えました。時計の振子が左右に揺れ動くように腕が大きく振れていました。そのまま、その人と楽しくお話ししながら歩きました。何分経ったでしょうか。ふと気付くと、さきほどまで振れていた手がまた止まっています。やはり意識していないとダメなのだろうか…。

（この人のような調子で自然に振ろう）

どうも腕を振りながら頭の片隅でそう思っていたようです。それでは〝自然〟でないですね。なぜ私は手を前後に振りながら歩かないのでしょうか。当時から私は、外を歩く時はほとんど常に、右手か左手どちらかに白杖を持っていました。常に杖から伝わる地面の変化に注意を向けていたためでしょうか。杖を持っていない方の手を振っていては集中できなかったからでしょうか。おそらく歩行中の全身のバランスがとりにくかったからではないか、と考えます。手首を左右に交互に返しながら杖を振り、もう一方の腕を前後に振る。―これは私にとって、なかなか難しいことでした。いつもはそうしているのですが…。お気付きの読者の方もいらっしゃるかもしれません。実はこのとき私は白杖を手にしていなかったのです！　それなのに手を振ることができなかったのには、「ふだん歩く時どちらかの手には必ず杖を持つ。だから片手はいつもふさがっている」という私にとっての「自然な振る舞い」とは、私には晴眼者のそれとは違うもののはずでした。でも私はできるだけ晴眼者の振る舞いに近づきたい…、そう思い続けながら大人になってきたような気がしています。

自然に「ものを見る」って？

私の持っているテレビは音声が左右に移動することはありません。スピーカーが一つで、その同じ箇所から音楽や人の声が聞こえてきます。そんな時、たとえばオーケストラの生演奏、ドラマの人物の動きを立体的にイメージするのはなかなかたいへんです。

私にとってテレビを観ることは、ラジオを聴くのと似ています。画面を見ることができないため、ラジオの前に座っている感覚です。テレビを観る時、私はほとんど顔を動かしません。テレビの音声に集中しているからでしょう。

そういえば、私は大きな音がした方にサッと顔を向けるそうです。たとえば、道を歩いていて後ろから自転車のベルの音が聞こえるとすぐそちらに振り向きます。そして自転車が通り過ぎるのを待って正面に向き直ります。私にとって、音の方に顔を向けることが注意（耳）を向けることになるのです。

一方、私に出会った晴眼者は、どうして私の目が見えないことがわかるのか、不思議に思ったことがありました。「それは〝ものを見ていない〟からだよ」と言われたことがあります。目の見える人は、何かを見るとき視線を動かすんですね。私はそうせずに頭を動かしているそうです。それで、私が視覚障害者であることがわかるそうです。このことに気付いたのは小学校に入ったばかりの頃。当時の私はまだ白杖歩行をしていませんでした。ですから、初めて私に会った人なのに、なぜ目が見えないとわかるんだろう…、と不思議でならなかったのです。その答えはとてもシンプルなものだったのです。

その頃の私は、目の前にものがあるとわかるとすぐに手を出していました。ある時テーブルの上に置かれた飲み物の入ったコップに手が触れ、倒してしまったことがありました。やたらに手を出してはいけないことをその経験から学ぶことになります。以後は目の前に何があるか確かめようと、むやみに手を出さないようになりました。いきなり手を前に出すのではなく、目の見える人と同じように、まず目の前にある人やものの方に顔を向けるようになったのです。

でも、私としては、眼の前にいる人やものに顔を向け、視線を合わせていないけれど、私の見方で〝ものを見ていた〟のだと思っています。

「ものの違い」を知っていく

ガサガサ…という音をたてる音源があります。そちらに手を出し、触れてみます。軟らかい感触。「それはビニール袋だよ」と教えられました。紙袋はビニール袋よりも大きな音をたてます。ポリ袋はゴソゴソと、少しくぐもったような音を立てます。袋の種類によって音に違いがあることを、どの年齢で聞き分けられたのかよく覚えていません。でも私が音を聞いただけでそれが何かを言い当て、周囲の人から驚かれることも多かったです。

目で見て色や形がわかるように、私も音を聞いてそれが何かわかります。トラックもバスも多くがディーゼルエンジンで走っています。空気ブレーキをかける時のプシューという音も似ています。エンジンの音になぜ違いがあるのか、幼い頃はなかなかわからなかったものです。違いがわかったのは、それぞれの車両のタイヤを触ったことがきっかけでした。知人が軽トラックを所有していて、ある時その方にお願いし車体を触らせていただいたのです。全体が箱のような形。小さな荷台がついています。タイヤは乗用車のものよりほんの少し大きいと感じました。

小学校低学年の時にバス旅行をしましたが、先生が運転手さんにお願いしてくださり、バスのタイヤに触れることができました。1本のタイヤは両手で左右から抱え込むようにしても手が足りないほど太いのにびっくり。そんなタイヤを左右4本ずつ、合計8本も履いていると聞き、さっきまで乗っていたバスの巨大さにとても驚いたことを覚えています。

太いタイヤを履いている車は、それだけ大きなエンジンを積まなければなりません。ですから大型トラックや大型バスのエンジンは大きな音をたてます。小型トラックやマイクロバスはもう少し細いタイヤを履いているので軽いエンジン音がします。そして軽トラックのタイヤはそれよりも小さいので、エンジンの音もさらに小さかったのですね。タイヤの大きさの違い、エンジン音の重さの違い、その関係について、私はそれぞれの車種のタイヤに触れるという体験から自然に学んでいったように思います。

直接触れられないものを知っていく

お祭りを見物したり参加したりするとさまざまな音、匂いがしてきます。「パン！」という乾いた音は射的、モーターの振動する音と甘い香りは綿あめ屋さん。かき氷屋さんの前を通ると「ウーッ」という機械のうなる音、氷を細かく砕く「ガラガラ」という音が聞こえてきます。

道の両側に並ぶ屋台の間を進んでいくと、向こうから「ドン、ドン」という音が聞こえてきます。笛の音もだんだん大きくなってきます。そちらから人の声もしてきます。お神楽が始まるようです。そのうち今度は「ギーコギーコ」とながもちの柄がきしむ音。目の見える人と同じように、私もお祭りのにぎやかな雰囲気を楽しむことができるのです。

なぜその音を聞いただけで〝花火〟だとわかったのか。いま思い返すと、それは幼い頃からの経験と記憶があるからだと思います。私は、手で触れることのできる小さな花火から学んでいたのです。棒の先にヒラヒラしたものがついています。それに火をつけると手元で「シュー、パチパチ」という音が聞こえます。目の前にはまぶしい光がチラチラ動きます。手持ち花火です。一度それとわかればヒラヒラのついた棒を触っただけで、また「パチパチ」という音を聞いただけで、すぐに〝手持ちの花火〟だと言い当てることができます。

今度は、別の花火。おっかなびっくり筒と導火線に触れてみました。「危ないから手を出さないで、少し後ろに退って」と言って、友人がそれに火をつけてくれました。まず「シューッ」と小さな音がし、続いて「ヒュー…」と蒸気が上がってくるような音がして、音程がだんだん高くなります。その直後「シュッ！」と鋭く空気を吐き出すような音。今度は上空で「パンッ！」と大きな炸裂音。ロケット花火の打ち上げでした。

お祭りの最後には、ずっと遠くの方で「ヒュー、ドン！」という音が聞こえてきます。大きな花火が夜空に上がっているようです。筒の大きさが10号（約30センチメートル）もあるような花火に直接触れることは不可能です。でも、体に響くようなこの音によって〝花火というカテゴリー〟を広げて理解しているのだと思います。燃えるものが手持ち花火のように「パチパチ」と音を出すこと。これはたき火をした時に知ったことで、花火以外の別のことの経験から知ったことで、私の花火についての理解が広げられていったように思うのです。

小学生の頃、焼き芋やどんど焼きをしたものです。そんなとき友人が私を煙のなびいてくる側に連れていきます。煙が目にしみてきました。夏の夜には大きなたき火、キャンプファイアーを囲んでダンスしたり語り合ったりしたものです。目の前には太陽のようなまぶしい光。そして灯油のにおいも流れてきます（灯油をしみ込ませたタオルをくべることもありますね）。「パチパチ」と音がして光を発し、煙を出す。何かに火をつけるとこのようになることは、花火だけでなく、このようにして知っていったのだと思います。

花火大会の大型花火は迫力があります。ナイアガラの滝は「シャーッ」と地面に砂を撒くような音。空中でポンと小さな音がしてから「ドン、ドン」と連続して大きな音がします。何かが破裂したような感じ。空気が瞬間的に震えるよう。そして私のお腹にも響いてきます。それが大きな花火の音だとわかります。花火には火薬が詰まっています。手持ち花火でもロケット花火でも、火がつくと火薬の匂いがします。手持ち花火をよく見てみると、「パチパチ」鳴っている時は明るく、「シューシュー」という音に変わったら少し暗くなります。それが色の変化によることは、一緒に花火をしている人から聞いて知りました。どんな花火でも異なった色の火薬が混ぜ合わされていることもわかりました。仕掛け花火のような大型のものだと、それだけ使用される火薬の種類も多いのだとか。

高校生の時、ある場所で花火の大玉のレプリカに触れる機会がありました。ガイドの人から次のように説明を受けました。

「この中にいろいろな色の火薬がぎっしり詰まっています。

紙でできた小さな玉を壁に沿って円形に並べて、隙間がないように詰めてあります」

時期はそれぞれ異なりますが、このような体験を重ねるうちに花火というものの認識が私の中で少しずつ広がっていったのだと思います。

私はまだ火縄銃や大砲の砲身に触れたことはありません。マシンガンやライフル銃を手にとった経験もありません。ましてそれらにこめた弾はなおのこと。読者のみなさんもその経験のある方は多くないかも知れません。でもテレビドラマや映画でそれらを打つ場面を観られたことはあるでしょう。私もそうです。大砲は「ゴーン」という音。これは遠くで大花火が打ち上げられ、それがこだまとなってかえってくる時の音に似ていると思います。またマシンガンは「タタタタ」という連続した音で、癇癪玉を10数個連続して破裂させた音に似ていると思います。それで大砲やマシンガンの弾が火薬でできていることを知るわけです。弾に触れたことがないのですから、それは自分で類推するしかないのです。もちろん人から聞いて得た知識も数多く含まれています。でも音を聞くことによって「これとこれは同じ仲間だ」と知っていくことも多い。このようにしてものを理解する時のカテゴリーを広げていったのだと思います。

動くものに手で触れる…

手で触れた鳥で強く印象に残っているのは、ニワトリやヒヨドリ、ダチョウ、ペンギンくらいでした。「カラスは大きい」と聞いてニワトリを思い浮かべ、「スズメは小さい」と言われたら、ヒヨドリぐらいの大きさかと想像していたのでした。ヒヨドリはスズメより大きいという事実は、野鳥図鑑を読んでもらうことで知っていただけだったのです。

つい最近、多くの野鳥の剥製に触れる機会が得られました。カラスの剥製に触れた時、ニワトリとはまったく違う体格、そしてその大きさに驚きました。ニワトリもカラスもいわゆる〝ずんぐりむっくり〟の体型でしょうが、カラスの方が、くちばしが太く羽が大きいと感じました。ダチョウの翼はなんだか小さくて薄いように感じました。ペンギンのそれは、かたい骨に触れているような感覚。ワシやタカはくちばしに触れると指先にかすかに痛みが走るほどでしたし、翼が大きいこともわかりました。翼を大きく動かしながら空を飛び、鋭いくちばしで獲物を捕る—。そんなイメージをはっきりもつことができたのです。ハクチョウやカモには足の水かきに驚きました。指と指の間に、まるで厚紙が貼られているような触覚。この水かきで水を蹴って助走をつけ、空に飛び上がるのですね。カモが水から飛び立つ時にたてる「バシャバシャ」という水音のもとなのですね。水かきと私の持つ音の記憶が重なりました。シジュウカラやエナガにはとにかくその小ささにびっくりしたものです。別の機会にイルカに触れましたが、ひれに触り、まるでゴムボートのオールに触っているように感じました。堅いプラスチックのような感覚。

鳥が羽ばたくというのはどうするのか。はじめは、両方の羽を上下に動かすだけだと思っていました。ニワトリやチャボを手に乗せた時、両方の羽を大きく広げて飛び立ちました。そのとき羽ばたく羽が手に触れました。団扇をあおぐようにただ上下に動かすだけでなく羽を横に振っているように感じました。なぜなら、上下に羽を打ちつけられたら私の手が痛いだけでしょうが、実際はそうではなかったからです。羽ばたく時に起こる風も感じられました。鳥は、翼を上から下に打ち下ろしながら羽のすき間を閉じ、空気を下に押して体を持ち上げます。下から上へ持ち上げる時には羽を開いてすき間をつくるそうです。11、12歳の頃に読んだ鳥類についての学習漫画にはそのように解説されていたように思います。

晴眼者と同じように、ものや動物を知りたい見たい、そのような私の思いは機会が得られる毎に、そのつどの新たな驚きとともに、私の〝見ること〟に繋げられていったように思うのです。

2章 生活経験から知っていく

レストランでの食事

テーブルに着き、食べたいものを決めて注文します。しばらく経って、従業員の人が料理を運んだ後、テーブルのどこかに伝票が置かれたと思い込んだ私。伝票とはお品書きとその値段が書かれた紙です。伝票を持ってレジへ向かおうとして、はたと困りました。いったいどこに置かれていたのか。その場面まで私は伝票がテーブルのどこに置かれているのかよく知りませんでした。家族や友人と外食しにいくと、支払いの時はたいてい私以外の誰かが伝票をレジに持っていくことが多かったからです。

「伝票はどちらにありますか？」

あることがきっかけで従業員の人に訊くようになりました。実はこの伝票の位置を知ったのは一人暮らしを始めてしばらく経ってからのこと。それがまさにこのエピソードでした。会計をするのに必要なものとは知っているのに…。

伝票がなくて困った私がどうしたかといいますと、仕方なく伝票を持たずにレジへ向かいました。レジを打つピッピッという音、「〇〇円です」の声に導かれてレジに近づくと、レジの音も声もしません。私の順番がきたようです。メニュー名を従業員の人にお伝えし会計を済ませました。

（いったい伝票はどこにあったのだろう）

お店を出てそんなことを考えました。お恥ずかしい話ですね。毎回レジの人に食べたものを伝えて代金を支払うのは気が引けます。伝票はテーブルのどこかにあったはず。やはりそれを持ってレジの前まで行かなければならなかったのです。反省しました。それからというもの、私は飲食店で食事をする時に伝票の位置を確かめるようになりました。料理が運ばれてきたら、店員さんに「伝票はどちらにありますか？」と尋ねます。

「こちらにございます」と手を添えて教えてくださいます。その体験を通し、ようやく私は伝票がテーブルのどこに置かれるのかがわかってきました。料理皿がお盆やトレイに乗せられてくる時は、向こう側の角。お皿やお椀が直接テーブルに置かれる時は、その横あたり。値段の書かれた側を伏せて、小さなクリップバインダーでとめられていることもあります。小さな筒型の容器の中に丸められて入っていることも多いですね。今ではお盆の上やお皿の横、テーブルの端を確認するようになりました。もちろん、お皿やコップ、調味料の入った瓶などに触れないよう慎重に手を動かして。

これもレストランでのこと。お吸い物を食べた後に必ずフタをしていました。でもある時に指摘してくださる方がいたのです。

「お店の人が見た時、まだ中身が残っているかすぐにわかった方がよいんだよ。だからフタはぴったり閉めないで、少しずらしたままにした方がよいかも知れない」

なぜきちんとフタを閉めていたか。その方が行儀がよいとだけ思っていたからです。天重やうな重を食べ終わったら重箱のフタはきちんと閉めます。お吸い物のお椀も常にそれと同じようにしていました。ただ、お店の人の立場に立った振る舞い方もあるものだなぁ、と気付くことになります。

身だしなみとおしゃれ

洋服の流行《はやり》の変化はめまぐるしく変化するもののようですね。小学生の私はTシャツを常にズボンの中に入れていました。しかし、私が中学生になった頃を境にズボンの外に出すようになりました。そのような流行を教えてくれるのは近しい友人や知人、家族です。

ある時に自分の髪型が気になって数人の友人、知人に尋ねてみました。「髪を短く切りすぎると、子どもっぽく見える。七三分けはおじさんのように見られるので中分けが無難では。その時は、下からかき上げるようにしてふんわりさせるといいですよ。そして髪の毛を切る時は長めにした方がよくて、襟足を左右に分けると格好よく見える」。そんなふうに教えてくださいました。

〝おしゃれ〟は自分のためでなく、人によく見られるためにするのだとずっと思っていたのです。髪型一つで若く見えたり、年配に見えたり。そのように違うのですから、私自身の〝今〟に合った髪型にするのがよいのか、と思うようになりました。

今の髪型にする以前、単に前髪を真ん中で左右に分け、横や後ろの髪は自然にたらしていました。それが私にとっては自然だったし、変な形になる心配もないから…、とそのままにしていたのです。でも教えられた髪型に変えてみると、〝おしゃれをしている〟という自覚が出てきました。

ここまでお読みいただいたところで、私の〝今の髪型は？〟とお知りになりたい方もいらっしゃるかも知れません。ソフトモヒカンです！　もとサッカー選手のベッカムさんのようにしている…つもりです。

服のコーディネートも自分でしなければなりません。服装についても、整えるのは人によく見られるためだと思っていました。服を着ることを楽しむようになったのは、和服との出会いがきっかけです。高校生の時に別の知人から譲られた一着の浴衣を着た時からです。
和服を着る時に男性は右前衿を内側にし、左を外側にするのが一般的だそうです。帯は腰のあたりで結びます。前をぴったり合わせず、ゆったりと着こなすのがコツだとか…。難しいと感じたのは、この衿の前を合わせる時でした。まず左手で右を体に沿ってみぞおちのやや左まで寄せます。今度は右手で左をみぞおちまでもってきて、右に重ねるようにします。こんなアドバイスをもらいました。

「右はグッと引いて、左はあまり力を入れないでふわりと重ねる感じです」

洋服のコーディネートや髪型のセットの仕方は、その話題で人とやりとりして教えてもらわなければわかりません。そんなやりとりをしていなかったら、私は今でもTシャツをズボンの中に入れていたかも知れません。あるいは横や後ろの髪の毛はおしゃれに見えるよう整えることを意識しなかったかも知れません。

生活にとっての目印

スーパーマーケットや駅、コンビニエンスストア等で売られているお弁当。中味のご飯やおかずがこぼれたりはみ出たりしないよう、容器には輪ゴムがかけられています。私は必ずこの輪ゴムをとっておいて利用しています。たとえば洗濯をする時。靴下は2本で一組です。脱ぐ時にそれを輪ゴムでとめておきます。そして下着など他の洗濯物と一緒に洗濯機に入れます。実はいま私、洗濯機を回しながらこの原稿を書いているのです。

さて、洗濯が終わるまで少し時間があります。その間に一つの体験談を書いておきます。中学生の頃のこと。ある朝登校すると数人の友人からこんなことを言われました。

「あれ？　靴下の色が違うよ」

右足と左足に違う色の靴下を履いてきてしまったのです。驚いたのもさることながら、たいへん恥ずかしい思いをしました。帰宅するとすぐ、私はその日学校に履いていった左右の靴下に触ってみました。どちらも綿素材で軟らかい。それぞれ足を入れる部分の2センチ下から足先の部分まで縦縞が入っています。右手に持った靴下の内側、ちょうどもものあたりになんだかザラザラしたものがあります。何かのマークのようです。左手に持った靴下の同じ部分に触れてみました。こちらにはマークらしきものは見当たりません。色違いだけでなくマークの有無の違いもあったのです！　靴下に刺繍されているマークは目立たないので、左右の色違いを指摘してくれた友人たちは気付かなかったかも知れませんが。念のため今度は靴下を脱いで揃えて持ち、長さを比べてみました。違いがわかりません。長さがほとんど同じで、しかもデザインが似通っている靴下のなんと多いことか。思わず心の中でぼやいてしまいました。

それにしてもドジを踏みました。その日の朝あわてて履いたためでしょうか。数日前、タンスにしまう時に種類の違う靴下の片方ずつを合わせて「1足」にしていたのでしょう。家族に頼んで確認してもらうと、やはりそうでした。幸いワンペアだけでしたからよかったものの…。

一人暮らしを始めた時にまず思い出したのがこの体験でした。大学でまた色やデザインの違う靴下を履いていったら、中学の頃以上に大恥をかきかねません。それまでは家族と一緒に暮らしていたので、以前のような失敗はありませんでした。でも、今は洗濯ものを取り込むたびに見てくれる人がいないので自分で工夫しなければなりません。そこで、家族が考え出してくれたアイディアをもとに始めたのが〝輪ゴムの再利用〟というわけです。

洗濯機が止まってから洗濯ものをかごに移し、物干し場に持っていきます。かごの中には1足ずつ輪ゴムでとめられた靴下が入っています。まず靴下から輪ゴムをはずし手首にかけます。そして2本をひとまとめにして洗濯バサミでとめ、干します。こうしておけば、違う種類の靴下を履いてしまう心配はありません。今は干す時いつもこのようにしているので安心です。ただ、何度もよく使うせいかときどき輪ゴムは切れてしまいます。そこで輪ゴムのついた商品を買ったら補充するようにしているのです。

クッキーを買ったとき袋の口をとめるためのプラスチックのひもがついてきます。このひもも捨てずにとっておきます。そして、パソコンの周辺機器のケーブル等をまとめるのに使っています。ある時このひもがとても役に立ちました。新しいヘッドホンを買ってきて試しにCDを聴いてみた時、左右の位置が正しいのか気になったのです。左も右もまったく同じ形をしているからです。CDラジカセには左右にスピーカーがついています。その音を聴いて確かめてみようと思い立ちました。ヘッドホンを耳からはずしてパソコン本体からヘッドホンのプラグを抜き、トレーからCDを取り出し、いったん脇に置きました。今度は同じCDをラジカセにセット。そして今ヘッドホンで聴いていたのと同じ曲をラジカセのスピーカーから流してみました。ヘッドホンをしたとき左耳から流れていた音がラジカセの右スピーカーから聴こえてきます。ヘッドホンで左右逆の音を聴いていたことがわかりました。

間違えるといけません。どちらを左耳に当てるかわかるように、何か目印が必要です。この時、クッキーの袋の口をとめていたひものことを思い出しました。左手でヘッドホンの左耳に当てる側を持ったまま、プラスチックのひもを右手に持ちました。そして左スピーカーの根元の部分にそれをしっかりと巻きつけました。「ひものついている方を左耳に当てる」と覚えておけばもう左右を間違えることはありません。

表と裏

自分で触って実際に確かめられるものについては、根気は要りますが人に訊かなくてもわかるものもあります。たとえば、カセットテープには穴が空いています。片側に五つ、反対側に四つです。これを私は小学校低学年の時に初めて見つけました。五つある方がA面で、そのうち真ん中にある穴は、カセットの両面を貼り合わせる時に使うねじを通す部分です。私はこれでA面なのかB面なのか確認してから、テープを聴いていました。また、CDを触ってみると片面はザラザラ、もう片面はツルツルしています。ザラザラした面にはアーティスト名や曲名などの情報が書かれています。そちらを上にしてプレーヤーにセットすると再生できます。ちなみに反対側、つまりツルツルした面を上にして再生しようとしても何も聞こえないか、ガラガラ回る変な音がします。

乾電池のプラスとマイナスもわかります。プラス極には出っ張りがあり、マイナス極には何もついていません。手袋の親指は他の4指よりも太いです。それを確かめたあと、私は親指から先にはめます。最近5本指の靴下が流行っています。手袋と同じように、足の親指を入れるところは太いので、区別がつきやすいのですが…。5本に分かれているので、初めて買った時は履くのに苦労しました。足の指は細いからでしょう。

シーツの表と裏はどのようにして確かめるのでしょうか。短い辺を触ると、裏側は端から数ミリのところに段差のようなものがあります。縫い目ですね。これがない方が表ですから、そちらを上にして布団にかけています。

洋服には必ず前と後ろがあります。後ろ、つまり背中側を見ると内側にタグがついています。ちょうど首にあたるところにあるヒラヒラしたものですね。それがない方を前にして着ています。タンクトップのようにタグがない服もあります。それは首から胸にかけて曲線状にカーブしている方が前、丸い方を後ろと判断しています。ちなみに毛布にもタグがついています。洋服と反対に、タグのついている方が表になっている毛布が多いです。

さて、私にとってわかりにくいのは鍵です。最近ホテルで使われるようになったカードキーはどちらの面にも切れ込みが入っていません。部屋番号が書かれている面がザラザラしていることも少ないです。どちらの面を上にして挿したらよいのかわかりません。片側の面を上にして差し込み、ドアノブをまわし、開かなければカードを裏返してもう一度差し込みます。今度はちゃんと開きました。ちなみに、カードを一度挿してから抜き取ると「カチリ」と小さな音がすることがあります。それでドアの鍵が開いたとわかる場合もあります。

（鍵が開いたぞ！）

と心の中でつぶやきながら部屋に入ります。

（カードの表に印がついているとわかりやすいのに…。そうすれば1回で開けられるのに…）

ｓｕｉｃａやテレフォンカードのようにどこか1か所に切れ込みが入っているとありがたいのですが。もう改良されているかも知れませんが、このようなことは、私のような視覚障害者が提案していった方がよい例なのかも知れません。

晴眼者と違うこと、だいたい同じこと

別のカードの話です。トランプ遊びをします。私がカードを切る番になりました。点字が書かれている方の面を手前に向けます。そして体にぴったりつけるようにしてゆっくりと切ります。点字が書かれていない面を手前に向けます。なぜこのようにするかというと、点字が書かれている側にクローバーやハートなどが描かれているからです。カードを切り終え、点字が打たれている面を上に向けて慎重に扇形に広げます。それを他の人が一枚ずつ引いていきます。そのうちに重なり合っているカードが少しずつずれてきました。10枚近くのカードを両手で持つことにまだ慣れていないからです。トランプをしているのは私も含め6人ぐらい。カードを揃えている暇はありません。

手持ちのカードの枚数は減りましたがなんとなく手元が落ちつきません。カードが重く感じます。

「あ、絵が見えちゃうよ」

私の正面に座った人が一言教えてくれました。知らず知らずのうちにカードを相手の方へ傾けてしまい、絵柄がみんなに見えそうになっていたようです。危ない危ない。急いで上に向け直しました。私はよくこのような体験をします。目の見える人と同じように生活しているのですがどこか違うところがあるようです。そこでいろいろな人が親切に指摘してくださることが多いです。その一言一言を

本当にありがたく感じています。

トランプを扇形に広げることは私もできます。他の人が広げたカードから1枚とる時に手で触るから広げ方はわかります。でも、カードの向きについてより注意を払えるようになるまで時間がかかりました。きれいな扇形に広げることに夢中になるあまり、うっかり絵柄を相手に向けそうになることも何度かあったからです。

だいたい同じようにしているけれどなんだか違うところ。周りの晴眼者が気付いていることで私自身は気付かないところ。この〝もうひと工夫すれば…〟〝もうちょっと気を配れば…〟というところを目の見える人たちから教えていただくわけです。

雨の日に傘をさします。真上に向けて歩いていると、ふいに横から風が吹いて雨粒が顔にあたることがあります。ある人が、風の吹いてくる方向に傘を傾けるとよいと教えてくれました。そうすると雨粒を避けられます。ここ数年、局地的な豪雨になることもあります。そんな強い雨の時は風の方向に傘を傾けても雨はしのげません。傘に入っていない部分がずぶぬれになります。そういう時はまっすぐ上に向けて持つのがよさそうです。そして、突然の雨でも便利なようにと、マントタイプのレインコートも持ち歩くようになりました。

文房具店で貼るタイプのメモ用紙を買いました。1セット、五百枚です。レーズライター（視覚障害者が文字・図形の読み書きなどに使う筆記用具セット）と同じように、ゴムの下敷きの上にメモ用紙を乗せてからボールペンで文字を書きます。レーズライターには専用の下敷きがありますが、パソコンのマウスを乗せるマウスパッドで代用できることを知りました。こうすると、薄いメモ用紙に書いた通りの溝がくっきりできるのです。これを、ＤＶＤなどに張り付けておきます。

もちろん点字でメモする時もあります。でも、普通の文字を書いておきたいこともあります。目が見える人と同じようにしたいから？　違います。ただ気分を変えたい時なんです。この私の思う「気分を変えたい」など、これは晴眼者の方と同じような思いではないでしょうか。

3章 生活の中の実感

トイレで…

外出先のトイレで困ることがあります。用をたしたあと水を流す時です。最近、レバー、ボタン、センサーなど水を流す際の操作が多様化してきているためです。どこに触れれば、またはどこを押せば水が流れるのかわからないことがあるのです。

まさか伝票の時のように人に訊くわけにはいきません。とにかく一人でなんとかしなければなりません。ちょっと具体的すぎて恐縮ですが…。まず便器の周辺を探りパイプがあるか確かめてみます。もし見つかったらそれを上にたどっていくと、たいていは横に突き出た棒のようなレバーに手が触れます。それを手前に引くか下に押し下げることで流れるわけです。このレバーが見当たらない時は正面の壁を触ります。左手が大きな突起物にあたりました。小さな、マニュアル車のクラッチペダルのような形をしたもの、これもレバーのようです。それをグッと奥に押し込むと水が流れました。
別のお手洗いでのこと。レバーが見当たりません。正面の壁を両手であちこち触っていたら、指先がツルツルした窓のようなものに触れます。

（この窓の部分がセンサーだな）

そう見当をつけて手をかざします。「ジャーッ」という音。その音を聞きながら私はほっとしました。そしてつくづく思いました。

（よかった、この窓のようなものはやっぱりセンサーだったんだ。レバーのように出っ張っていないから探しにくい…。今度壁を探る時はこの窓も覚えておこう）

レバーで流すタイプ。多く流すためのボタン、少なく流すためのボタンに分かれているタイプ。センサーに手をかざすタイプ…。そして、足で踏むタイプも…。本当に多様で、流すまでがたいへん。トイレの個室でなんとか探し当て、流してほっとしたのもつかの間。今度は洗面台で手を洗い終わってから、あわてることも。ペーパータオルかエアタオル、どちらが、どこにあるのかわからなくなるのです。ペーパータオルは右手を出して、鏡の横あたりを上下させて、やっと見つかります（トイレにより高さが違うため）。エアタオルは、ドアの横に設置されていることも、洗面台と反対側の壁に取り付けられていることもありました。

用をたして手を洗って出るまでの時間はわずかでしょう。でもその間にトイレ中を歩き回る〝大冒険〟をすることがあります。もちろん人がいらっしゃれば、特にエアタオルの場所はまっさきにうかがいます。毎回トイレで困らないように、ハンカチを持って外出するようにしていますが…。

概念の実感

小学校の理科の時間、虫メガネの働きを学びました。焦点を合わせると像が大きく見える、という原理を知ります。でも〝像を結ぶ〟仕組みを示した教科書の図を見ても最初よくわかりませんでした。

ところで、私は光を見ることはできます。授業が終わって家に帰って、電灯の光に虫メガネをかざしてみました。その時メガネの端の方にまぶしい光の点が見えたのです。

「これが象を結ぶことなのか！」

自分なりに理解できた瞬間でした。なぜなら、そのまぶしい光は懐中電灯や豆電球の明かりのように大きいと感じたからです。虫メガネの光を集める性質のためでしょう。

一方で理解や実感の持ちようのないこともあります。たとえば、「疲れ目」「眼精疲労」という言葉をよく耳にします。目薬の宣伝コマーシャルをテレビで観た時、ふとこう思ったことがありました。

（そういえば、今までに目が疲れたって、あまりなかったなぁ）

それから〝綺麗〟ということについて。私もその感覚をもっています。でも、その実感をもつのは、私にとっては難しいことでした。幼い頃は床にゴミがない状態を〝綺麗〟だと認識していました。雑巾をかけたばかりの床に指先で触れるとスベスベした感じです。雑巾で磨いた部分はすでに乾いているけれど、そこにはまだ水気が残っているようなつややかさ、冷たくみずみずしい感覚。それを〝綺麗〟と感じていたのです。

庭で土いじりをしたりします。両手をパンパンとはたいて土を落としてから屋内に入ります。手を洗おうと洗面所に向かいます。片方のひじに触れてみるとまだ土が少しだけついているのに気付きます。掌からひじにかけて石鹸をつけ、洗い流します。土を掘ったり、かぶせたりした後では爪の中も洗うように心がけます。手を洗い終えてあらためて触ってみます。土がどこにもついておらず、スベスベです。これが〝綺麗〟になったという感覚です。ズボンの裾に土がこびりついていることもあります。それを廊下に落としてしまうことがあります。そんな時、よく注意されたものです。

「汚くしちゃいけないよ」

そこでその場にしゃがんでみました。床に手を置きます。ザラザラした細かいもの、砂粒よりも小さなものが指先にたくさんくっつきます。ズボンについていた土と同じようなもの。それが床に落ちていると〝汚い〟ということですね。私が〝綺麗〟〝汚い〟という感覚を知ったのは、このような体験がきっかけだったのです。その後、色合いがよいことも〝綺麗〟だと知り、私の〝綺麗〟のイメージは変化して広がっていくことになりました。

疲れ目の実感

目でものを見ることのない私は〝目が疲れる〟という体験をもったことがないのです。そのため、目が疲れるとどう感じるのか、理解がとても難しいのです。目の疲労をおぼえた時「目がショボショボする」とか「ゴロゴロする」と言われているのをよく聞きます。ショボショボという言葉からは、急に眠気が襲ってきてまぶたが重い感覚をイメージします。また目がゴロゴロするというのは、おできができた時目を閉じようとするとまぶたの奥がチクチクと痛むような感覚。そんなふうに想像するしかありません（私は小学生の頃に、目におできができたことがあったからです）。

私は点字本を読む時やパソコンを使う時に手が疲れますが、目の疲労は感じません。両手の手首が重くなることは多いです。そこで一方の手でもう一方の手首をマッサージするとすぐに治ります。でも長時間パソコン作業をする時は手首がこったようになります。

そんな時は、こういうふうにも考えます。

（私にとって手は目と同じだから、やはり目が疲れているのと同じことなのだろうか…）

私は普通のメガネとサングラスのどちらもかけてみたことがあります。近視用メガネと遠視用メガネをかけていた人がいたので、ちょっとお借りしてみたのです。驚いたことに、なんの変化も感じられませんでした。メガネのガラスを通した光はいくぶん弱まるかと思っていたのに、裸眼で見た時と同じ強さでした。一方で、サングラスをかけてみた時は衝撃的でした。急に目の前が暗くなったのです。かけたまま外に出てみると、曇っている時や夕暮れの時よりもさらに暗くなったように感じました。

スキー場では目を傷めないよう必ずサングラスをかけてスキーやスノーボードなどをしますね。（実は現在まで私はスノボ未体験なのですが…。）でも、私にとっては両目がふさがれているようでどうも落ち着いて滑れません。それでゲレンデを上る時、ときどきサングラスを上にずらします。すると、まぶしい陽光とそれが雪に反射する光。それが私にも一度に目に飛び込んできました。その時、こんな感じがしました。

（サングラスをしていた時、もしかしたら目が疲れていたのかも知れない）

私は、ものを見るためにずっと遠くを見たり近くを見たりして疲れることはありません。でも光が遮られたように感じた時、私なりに〝目の疲労〟を味わっているのかも知れません。

映画の場合でもそうかも知れません。観終わって映画館から出てきます。晴れていた日には太陽の光が目に痛かった覚えがあります。1時間以上暗いところにいたのだから、目が光に慣れていなかったのだと思います。このとき私も目の見える人と同じように目を細めていることに気付きました。いつものように目をしっかり開けていられなかったのです。

やっぱり、晴眼者の〝目の疲れ〟がどんな状態なのか私にはよくわかりません。やはり私の手が疲れるように、何かまぶたが重たく感じられることなのかと想像しています。目がショボショボする感覚、ゴロゴロする感じ、それらが一緒になったような感じでしょうか。それなら私にも経験がありますす。でもそれは目の見える人が実際体験する〝疲れ目〟とは違うのかも知れません。未経験のこと、体験していないことを、言葉を通した概念だけで理解するのは難しいことです。

からだの疲れへの対処法

高校生の頃、マラソン大会を何度か経験したことがあります。10キロ以上走る大会で、完走できるかとても不安でした。何人かが交代で伴走して、走ったのですが…。初めての参加の時、走り始めると、伴走者がおおよそ1キロごとに教えてくださいます。「今6キロ走ったよ」などと教えてもらうと、どうしても「あと10数キロもある…」と思ってしまいます。それで、数キロごとにある、大きな目印だけを教えていただくようお願いしました。たとえば、建物、大きな信号のある交差点などです。そしてその間は、ただ無心で走ろうとしました。

でも、目印どうしの距離はとても離れています。その間、どうやって走り続ける気力を維持しようか…。ペースを保ったまま、以前に観たＴＶ番組を心の中で再生してみることにしました。

（あれは確か30分番組だったから、それを観終わる頃、次の目印迄たどり着けるだろう…）

その番組の内容を初めから順に、ゆっくり、鮮明に思い出しながら、走っていました（途中、コマーシャル部分まで含めて想い出して時間をかせぐことまでは考えつきませんでしたが…）。

一緒に走っている友人が、次の大きな目印に近づいたことを知らせてくれました。全体の半分以上は来ていました。後はただ、目印を通過しながら、無心に、最後まで走るだけ。とうとうゴールしました。走りながらこっそり「観た」テレビ番組。２時間以上の走りの中で、30分は時間を気にせず走れました。でもそのあいだ頭を使ったせいか、余計に疲れただけでした。もちろん両足も…。それで、次の大会からは、もっとまじめに（？）走るようになりました。今になって気付いたことがあります。初めて長い距離を走ったあの日、私の「目」は初めて疲れたのかも知れません。イメージの中とはいえ30分テレビを〝観続けた〟のですから…。頭が疲れたのも、無理のないことだったのかも知れません。

また、腹筋運動ですが、もともとは10回も続かずにへたばっていた私でした。１セット20回、30回と増やしていき、ある時、疲れるまでいったい何回できるか試したことがありました。百回を過ぎ、百四十回を越えたあたりで、ただ数を数えることしか考えられなくなりました。腹部の周囲は痛いし、息は切れる…。ほとんどもがきながら、ただ寝ては起き上がる、を繰り返していました。けっきょく二百回までいったところで、力尽きました。

やってみると意外にできるものだなぁと、自分でもびっくり。二百回。何も考えず、やみくもにやってできた結果なのかも知れません。はたして次もできるだろうか…。また前のように、1セット50回ぐらいでダウンするかも知れない…。

次に腹筋運動を始める前、案の定こんな気持ちになりました。

(やっぱりやめよう。今日は百回でいい、百やって終わりにしよう…。)

そう思いながら、とりあえず始めました。

(1回…2回…3回…)

と数を数えているうちに、もう気持ちがなえてきます。

(5、6…7、8…)

あれ？　なんだかリズムをとっているようです。2回やる毎に少し間をおいているので、ガクンガクン、ガクンガクンと、リズムに合わせて体が揺れているのがわかります。ここで、ひらめくものがありました。

（2回ずつ1セットにして、百セットやれば、二百回達成したことになる。
個別に1回、2回と数えるのはやめよう。
その代わりに、1セット終わったら1、2セット目が終わったら2と、数え直してみよう…）

さっそく、もう1度、最初から数え直してみました。

（……1、……2）

今、2セット終わりました。腹筋は4回終えたことになります。急に元気が出てきました。心の中ではセットだけを数えるのに集中して

（今は10セット終わったぞ。実際には20回…と考えない、まだ10、10終わっただけだ）

と、それだけを意識していました。

25セットをすぎ、50セットまでいき、セット数はどんどん増えます。リズムが出てきて、体の動きにも勢いが出てきました。百セットを終えた時、自分の中では、百終えた達成感でいっぱいでした。二百のはずが、百に減ったのです。いいえ、減らしたのです。でも、実際の回数はごまかしていません。頭の中の計算機をわざと「改造」したのです。こうやって、三百回にも挑戦できました。

目標数値を無理と「下げて」やる気をもたせることもできるんですね。「まだ90（セット）しか終わっていない、もっといけるぞ！」と言い聞かせると、運動を継続する力が出てくるようでした。

弓を引くということ

9歳ぐらいの頃、私はおもちゃの弓矢をもっていました。矢の先に吸盤がついているもので、あまり遠くには飛びません。安全を考えて作られています。まず左手で弓を、右手で矢を持ちます。そしてピンと張った弦の真ん中に矢のもとをあてます。矢の先が前方を向くようにします。矢のもとを右手の親指と人差し指で軽くつまみます。そして左手の親指の先で右方向をさし、矢の下に直角にあてて支えます。右手で矢を少し手前に引っ張ってから指を離しました。矢は遠くまで飛ばず前方の床にポトリと落ちました。

〝弓を引く〟という言葉は知っていました。その通りにしましたがうまくいきません。つまり弓の弦を手前に引いてみたのに、矢は勢いよく飛んでいきませんでした。

（もしかしたら、〝弓を引く〟とは〝矢を引く〟の間違いかも知れない）

子ども心にふとそんなことも考えました。音を頼りに先ほど矢が落ちた場所を手で探り当て、床から拾い上げました。

2回目のチャレンジです。弓に矢をつがえた私は、文字通り矢をできるだけ手前に引きつけるようにしました。とはいってもおもちゃです。先ほどより少し強めに引っ張っただけですが…。1回目に矢を放った時の要領でやってみました。

「ブン！」と弦が鳴り、矢が右手を離れます。同時に、弓全体がブルンと振動する感覚が左手に伝わってきます。

（これだけ弦が震えたのなら、矢はさっきより遠く飛んだろう…。）

確かに遠くへ飛びました。でも落ちた場所は正面ではなくて右前方。飛距離も少し伸びただけで先ほどとさほど変わらないようです。

もう一度、今度は3回目の挑戦。少しやり方を替えることにしました。手前に引っ張っても遠くに飛ばないのなら、いっそのこと矢を押し出すようにすればよいと考えたのです。2回目同様、まず弦と矢を指ではさみます。できるだけ手前に引っ張り、そこで止めます。それから力を込め、ものを正面に投げるように、右手を前に突き出してから矢と弦からそれぞれ指を放しました。

今度は弦が鳴りませんし、震動も伝わってきません。矢は私の膝の前あたりに落ちました。どうもうまくいきません。私は考え込んでしまいました。手前に引っ張ってもだめ、反対に前方に押し出すようにしてもだめ。他に何かやり方がありそう…。弦を手前に引いてきて、もうこれ以上引っ張れないと思うところまで頑張ります。そのとき怖がって矢を落としたり弦から右手を離したら大変。矢はどこに向かって飛んでいくかわかりませんし、引きしぼられた弦が伸びた反動で左手に「バチン！」と跳ね返って痛い思いをするかも知れません。

とにかく、我慢して矢と弦を持ったままにする。弦が十分に引っ張れたと思ったら、そこで引くのをやめる。そして、右手を一瞬手前にグイと引きよせると同時に、親指と人差し指の力を抜きました。その瞬間矢が右手を離れ、正面の壁に「ダン！」とぶつかる音が聞こえました。不思議なことに弦が振動するのも気付きませんでした。

当時私はこれと同じようなことをたくさん経験しました。

つまり、ある表現を聞いてその通りにしたつもりがうまくいかなかった…。そしてその後は何かのきっかけで〝かんどころ〟をつかめることになり、うまくできるようになっていった。あとで振り返ると、そこにはちょっとした〝コツ〟が含まれていた…。そういうことを知るのです。

矢を射る時、弓をただ手前に引くだけでは遠くまで飛びませんでした。矢を放つ直前に右手をさらに手前に引きつけて、ここで初めて右手を離す。そういうコツが隠されていたのですね。

でも、子どもの私にとってはこの〝コツ〟を理解するのはとても大変でした。おもちゃを使って矢の射方を教えてくれた人は、私の手をとって動作を順を追って一つひとつ説明してくれました。そのつど私も言われる通りにしようとするのですが、ここで認識の転換がいくつも起こったのでした。

「限界まで引き絞り、そこからさらに引き寄せる」。初めのうちなぜそうしなければならないのかわかりませんでした。

先にも書いたように、手前に引きしぼられてたわんだ弓の弦が戻ろうとしてピンと張ります。ちょうど丸まった背なかをシャンと伸ばす時のように前方に飛び出します。ここで矢を離すと、飛び出した弦の力で自然に勢いよく発射される—。おそらくこのような原理なのでしょう。

このことに簡単な体験から気付きました。矢をつがえずに、右手の親指と人差し指で弦をつまんで半分ほど手前に引きしぼります。そのまま手を離しました。弦は「ブルン」と低い音をたてて戻りました。今度は先ほどと同じ位置まで引っ張ってから、さらに手前に引き寄せるようにしつつ弦を離しました。弓を持つ左手のすぐそばで「ビュン!」と風が起こりました。弦が勢いよく動いたから風が起きたのです。矢をつがえた状態で今と同じことをしたら、きっと矢は遠くまで飛ぶだろう— 私なりにそう考え、納得できたのです。

でも、これは何度も何度も矢を射てからわかったことです。失敗してうまくいかない時はこんなことばかり考えていたものです。

(目の見える人は弓を後ろに引くだけでまっすぐ矢を飛ばせるんだ。僕は不器用なんだ…)

そんな心配はいらなかったのです。ただコツを知らなかっただけでした。晴眼者も私もそのようにすることで、同じように矢を射ることができるのです。なぜその事実を理解したのでしょうか。慣れるにつれて隣で弓矢を教えてくれる人と同じように、私も矢を射ることができるようになったからです。

「コツをつかむ」という実感

ボールを投げる時は、手を前方に出してからボールを離します。これでもある程度は遠くまで投げられます。でも、コツをつかむとより遠くへ投球できます。

手を万歳をするように空に向かって真っすぐ伸ばします。体を後ろにそらしながらその手を手前に引きます。正面を向いていた手のひらが空の方に向きます。つぎに手を振りおろします。手のひらがふたたび正面を向く寸前でボールを離すと、遠くまで飛びます。

ブランコをこぐとはどんなことでしょう。両足を同時に曲げたり伸ばしたり。動きとしてはそんな感じです。私は3、4歳ごろに乗り方を覚えたように思います。その頃のことを思い起こすと…。

最初はブランコに座ったままただ両足を屈伸しているだけでした。でもそれでは動きません。このとき誰かに背中を押してもらうとブランコが前に動き、仰向けに空を見る格好になります。この時

「両足を曲げると勢いがつくよ」と教えられました。最初のうちはタイミングがつかめず、仰向けの姿勢のとき両足が伸びたままだったり、ただダランとしていたり…。何度かやっているうちに、仰向けのとき伸ばしていられるようになりました。

でもブランコはすぐ手前に揺れて、地面を見下ろす位置にきます。この時には「足を伸ばして」と教えられました。この動作にもしばらく慣れずに、足を曲げっぱなしにしていたこともあります。いつ両足を同時に曲げて、いつ伸ばせばよいのか。なかなかその感覚がつかめませんでした。

そんなある日、箱ブランコに乗る機会がありました。2人で向かい合って座り交互にこぐ遊具です。

私は片方の椅子に一人で座りました。近くにいる知人がブランコを後ろから押してくれます。椅子がグンと前に出るような感覚。顔が上を向き、明るい太陽の光が見えます。同時に両足を乗せている台が下り坂のように傾きます。

すぐに椅子が後ろに引っ張られるように動き、今度は顔が地面を向きます。両足が下から突き上げられるようになって膝が曲がります。これ以上曲がったら大変、お腹にくっついてしまいそうです。恐怖を感じた私は、とっさに両足に力を入れて台を踏み込んでいました。ブランコが勢いよく前に振られ、頭がのけぞってそのまま体が椅子から飛び出すような姿勢になりました。ふたたび顔が下を向き、台が迫ってきます。両足が曲がった反動で、膝をピンと伸ばしつつ台を押し下げました。この運動の繰り返し。コツをつかんだ私は、思い切り箱ブランコをこげるようになりました。

この体験の後で、ふたたび普通のブランコに乗ってみました。後ろに揺れるのに合わせて両足を伸ばし、前に揺れるのに合わせて両足を曲げればよいことを自然に身につけていました。しかも、箱ブランコに乗った時とは足の動きが逆なのにもかかわらず…。両足を強く屈伸すればブランコも大きく揺れ、小さく屈伸すれば揺れ方が弱まることも発見しました。

コツをつかむまでには試行錯誤が必要です。視覚障害の有無にかかわらず…、なのでしょう。

何かをしようとしてなかなかうまくできない時、〞目が見えないからできない〟と思ったこともありました。でもそうではないのですね。上記に挙げた体験から学ぶことができました。

4章

納得したい、もっと理解したいという気持ち

頭の中に地図を描く

目の見える人は車を運転する時どうやって道順を覚えるのでしょう。ふとそんな疑問をもったことがありました。

「ここの信号を右に曲がると国道に出るから、今度はそこを左に曲がる」
「あの細い路地を抜けて大通に出たら右折する」

曰く、地図を思い浮かべるとのこと。そのようにして長い距離も走るそうです。

家族や知人と車に乗って出かける時、私も頭の中に地図を思い浮かべます。でもその描き方は晴眼者と少し違っているかも知れません。

「今踏切を渡った。有料トンネルが近いな」
「あ、急な坂を下った。ガッタンと音がしたぞ。ここで右に曲がるともうすぐ市役所」

看板など目に見える印、曲がる順番までは覚えられません。でも私なりに〝ランドマーク〟を覚えているのです。

小学校の頃から、車に乗る時、運転している家族によく質問したものです。

「今どこを走っているの？」
「今ガソリンスタンドの横を通っているよ。もうすぐ○○警察署の近く」

目の見えない私に「あそこに見える山」とか「あっちの角の白い看板のお店」という表現は使いません。必ず具体名で教えてくれたように思います。

私の思い浮かべている地図はあいまいです。「ガソリンスタンドの2軒隣りのお店は？」と尋ねられてもとっさに答えられません。「同じ通りには郵便局があって、警察署に近いです」と言える程度でしょう。建物がどのような順序で並んでいるか目で確認していないからです。私が知りたいのは、いつも今どの場所にいるかですので、常にどの地点に近いのか頭に入れることを優先させてきたからなのです。

ガソリンスタンドが警察署に近いとわかると、そこから3分ほど走れば駅があることを知るのです。頭の中の地図って、何かを印にしていることでは同じなんですね。

工事のため道を迂回することがあります。そのような時は、通りすがりの方に声をかけて道順を尋ねます。今までは自動販売機の音が聞こえたところで右に曲がっていましたが、今度はもう少しまっすぐ歩いてから右折します。新たな目印は大きな建物の影。このようにして新しい経路を覚えていきます。

一度人に訊いただけでは頭に入りません。次回曲がり角の近くに差し掛かったところでまた別の人に教えてもらい、指標になるものをもう一度確かめるのです。そのようにして3、4回歩けば覚えることができます。

では、屋内ではどうでしょう。私は自宅など慣れた場所では白杖を使わずに歩きます。入口を背にして、部屋の中央にテーブル（冬の間はコタツ）が置かれ、左手に戸棚があり、右手奥のタンスの上にはペン立てがある—。このように配置を覚えています。これは何度も触っているためです。

室内のどこに何があるか頭の中に思い描くことができます。たとえば自室をイメージすると、あたかも私がその中にいて机や本棚を触っている感じです。目の前にあるそれらのものを眺める感じではありません。実際の配置通りにそれらのものを順に手で触れているのです。

そしてたとえば本棚の角に傷があれば、頭の中の本棚の同じ個所にも傷があるのです。もちろん、想像の中でその傷を綺麗に治してしまうこともできますが。

一人ひとりの見え方

紙に書かれている内容を見てもらおうと、目の見える人にそれを見せにいきます。紙をその人の顔の正面にもっていきます。次のように言われることがあります。

「もう少し上に向けて」

私は質問します。

「どうしてですか?」

「上から光があたってるから紙に反射して見えにくい。字に光が当たるよう少し上向きにして」

夜、部屋の中にいて天井から蛍光灯の光が照らしている場面でのことでした。

この体験をしたのは小学2年の頃だったと思います。目の見える人は顔の正面にあるものはなんでも目に入ると思っていたのですが…。

光が当たっている部分だけが見えることに、このとき初めて気付いたのでした。別の時にはこんなこともありました。別の人が私に訊きました。

「それ何?」

そのとき私は、小さな紙きれを持っていたように思います。昼間の時間帯だったのでその部屋は明るかったと思います。なぜ私が持つ紙きれが見えたのかと驚きました。私はその人から数メートル離れたところにいて、しかもほぼ真横にいたのです。つまり2人とも並んで座っていました。その人は私よりも背が高かったので、少し上から私を見下ろしていたと思います。

それにしても、なぜ私の手に持った紙片が真横から見えたのでしょうか。

見え方は人によって違うのですね。あたりまえのことですけれど。

視野と視力を学んだ瞬間でした。

ひとむらのコケを二人の友人が見ていました。「緑っぽい」とAさんが言います。その隣りでBさんは「青っぽいんじゃない?」と別の感想を述べています。

この体験を通し、色の見え方は人によって違うのかも知れないと考えるようになりました。コケは私にとっては「絨毯のようにフワフワしていて、坊ちゃん刈りのように短い髪の毛のようで、湿っていて…」と感じられます。なかには「黄色のようだ」「(暗い林の中なので)さびしい感じ」と表現する晴眼者もいらっしゃるのかも知れません。

視点があるということ

絵に詳しい知人からこのような話を聞いたことがあります。


「絵は描く人によってさまざまに表現されます。

見たものをそのまま描くといわれるけれど、そんなことはないんです。

どこを画面の中心にして描き始めるかによって違いが出てきます。

たとえば建物を描くとします。

屋根の形、色使いは描く人それぞれの個性が出ます。

もし10人の人が同じ建物を描いたとしても、それぞれの10枚の絵は誰が見ても同じではない。

形も色もまったく同じ絵にはならないんです」


私はものに触れることで何であるか認識しています。上から下、左から右、裏側にも手を入れることがあります。たとえば、いま住んでいる家の周りを歩くとします。窓や玄関がどの方角に面しているのか知っています。出窓や戸の位置を覚えてしまうと、あとは何周廻っても触るものは同じです。

その家自体を絵に描こうとすると大きすぎて難しいです。だから目の見える人は、ある方向から見た建物を描くのかも知れません。あたりまえですが、すべての面を1枚の絵で一緒に描くことは不可能ですからね。

〝視点〟という言葉があります。それは私にとって理解の困難な概念でした。

小学校高学年の時、立方体について学びました。正面から見た図、上面から見た図、そして見取り図に初めて触れた時のこと。正面と上面から見た立方体は正方形として描かれます。上面から見ると正方形が上と下に並んでいます。

レーズライターで書かれた見取り図に初めて触れた時、私は驚きました。なぜ斜めの四角形が描かれているのか不思議でならなかったのです。学校の先生や家族に尋ねました。

「立方体をまっすぐ見ているのに、どうして斜めに見えるんですか?」

見取り図というのは少し遠くから眺めた時の見え方を描いた図。斜めに描かれているのは、少し離れた位置からだとそのように見えるからとのことでした。正面は正方形、上面と側面は平行四辺形として描かれています。また上から見た図は、上面と正面が正方形として一緒に描かれています。これは真上から見たのではなく、目の前に置いた立方体を斜め上から見下ろした時の見え方だそうです。

斜め上から見下ろすと傾いて見える立方体。両手で触れると正方形が側面に四つ、上面と底面に一つずつある立方体。〝目で見る〟こと、〝手で触れる〟こと。違う行為を通して同じものを認識できるのは不思議なことですね。

でも、その不思議にたどり着くまでには長い時間がかかったように思います。なぜ真四角のものが平行四辺形のように、つまり斜めに見えるのか。それを理解するのに苦心したからです。なぜ斜めに見えるのか知りたいというよりも、見取り図を見ながら立方体の体積、上面や側面の面積を求めなければならない現実的な課題があったからです。

特に一番わかりにくかったのは側面でした。平行四辺形として描かれていて、上と下の辺が右上がりまたは右下がりなのです。正面の左右の辺との境がわからず、家族や先生に何度も質問したことを覚えています。

「長さ3センチメートルの線はどっちですか?」

線の長さを示すために両端に描かれるひげのような短い線が、正面の高さを指しているのか、または側面の上や下の辺を指しているのか見分けがつかなかったのです。

これは当時の私が図の読み取りに慣れていなかったためです。でも今考えると、この見取り図を通して〝視点〟について理解を深めるきっかけになったと思っています。

焦点から〝視点〟を理解するということ

ある時、私の家にあった8ミリビデオカメラで初めて撮影した時のことを思い出します。まず録画、停止、一時停止など頻繁に操作するボタンの位置を家族に教えてもらい、さっそく録画ボタンを押してみました。家族の目を借りながらきちんと録画されていることを確かめます。再度同じボタンを押すと一時停止になってしまうからです。

私はカメラを持ったまま庭に出ました。たしかそのとき弱い雨が降っていたと思います。片目にビデオカメラのファインダーをあて、得意満面でカメラをあちこちに向けました。ゆっくりと左右に振ったり、しゃがんで庭に咲いている草花を写してみたり。次に目からファインダーを離し、カメラを持った手をできるだけ前方に伸ばしたりしました。そしてレンズを暗い空に向け、降り落ちる雨をしばらくの間撮っていました。

家に入り、今撮影した場面を再生してみました。ところが綺麗に映っていないというのです。家族が教えてくれました。

「レンズが回っている間にカメラを動かすと、ぼやけてちゃんと映らないよ」

そこでビデオをスタンバイの状態にしてからもう一度、先ほどと同じように右手でカメラをかまえました。目の前にあるテレビ画面にレンズを向けました。そして左手でそっとレンズに触れてみました。

カメラをゆっくり左に振るとレンズがゆっくりと左や右に回転します。数秒間左に回ったり右に回ったりしたあとにピタリと止まりました。今度はレンズを少し右に向けてみました。同じようにレンズが左右に回転し、そして止まりました。

「レンズが動いていない時が〝焦点が合っている〟状態なんだよ」

横から私の手元を覗きこんでいた家族が説明してくれました。つまり、先ほど庭で撮影した時は焦点が合っているか確認しないままカメラをやたらに回していたのです。それでピントのずれた映像しか撮れていなかったのでした。

それから、カメラのズームインの仕方もこのとき知りました。ズームインをすると写したいものが大きくなり、目の前に迫ってくるように撮影できるそうです。いくつかの被写体を一つの画面に収めて写す時は反対にズームアウトになります。カメラを手前に引いていくと、今まで画面に大きく映っていたものがしだいに小さくなり、遠のいていく。

そして、実は、人が近くにあるものを見る時はこれと同じようなことをしている、と知って驚きました。目はビデオカメラのようにものに焦点を合わせます。遠くのものや近くのものを見る時には、ズームインやズームアウトをする時のようにカメラのレンズと似た動きをしている。それは私にとって大発見でした。

もう一つ、このビデオカメラの操作を通して〝視点〟という概念をいっそう深めたのです。ただ正面から写すだけでなく、上から撮ったり下から撮ったり、また後ろや横にまわって写す方法だそうです。

視点がめまぐるしく変わる様子は、実は言葉からも知りました。タカの目は空からものを見る視点。カメラのレンズは正面を写す視点。だからカメラを持ったまま写す場所を変えたり、その場でカメラをあちこちに振ったりして撮影するそうです。

視覚障害をもつ私が、最終的に視点をどのように実感、理解したのかといいますと、それは、ある程度大きなものに触れることによってでした。車の前面を触るとボンネット、後ろの面を触るとトランクやハッチがあるのがわかります。犬は正面が顔で後ろが尻尾です。前か後ろ、どちらから触るかによってまったく違うものが認識できるので、視点によって認識できる内容が変わってくることをよく実感でき、理解できたのです。

点字の世界、墨字の世界…

私はクロスワードパズルが得意です。ヒントをもとにして空欄に文字を補って単語を完成させていくものです。最近まで毎年元日の地方紙に載るクロスワードを解くのを恒例としていました。

――お正月、羽を突くラケットは？　「は、○、い、○」

答えは羽子板です。

――ミクロの世界を覗ける道具は？　「け、○、○、きょ、う」

正解は顕微鏡ですね。

このようなとき私の頭の中には常に点字が浮かんでいます。かな点字と呼ばれる一般的な点字には、漢字が含まれていません。文節ごとにすべてひらがなカタカナで書かれた文章を思い浮かべていただければよいでしょうか。

あるとき一緒にパズルを解いていた知人から言われたことがあります。

「クロスワードが得意なのは、かな文字で考えるからかな？」

このときは、「そうかなぁ」と答えたように思います。ピンとこなかったのです。あとで考えてみると、得意分野が違っていただけかも知れません。私と同じパズルを解いていた人は、漢字を当てはめていくタイプのクロスワードパズルが得意だったように思います。これまでに何度か屋号が書かれた看板、お寺や神社にある石碑に触れた経験があります。その時に必ず家族や友人など誰かが私の横に立ってくれています。私の手をとって1字ずつ文字をたどりながら読み上げてくれます。

ある石碑を触った時のこと。「日」という漢字が読めませんでした。書き順を無視すると、本来は縦長の四角の中に横線一本が入っているはずです。でもこの字は周囲が丸い形です。

「丸の中に横線…、これはなんの字ですか？」

隣りにいる知人に尋ねると

「お日さまのひだよ」

丸みをおびた「日」の字に不思議さを感じて、その方に尋ねたのでした。

「どうして丸くなっているんですか？」

「崩して書かれてるから…」

その頃の私は、かなや漢字は活字のように書くのがあたりまえだと思っていたので、大きな衝撃を受けました。石碑の前を離れてその方と歩きながら、なおも私は質問しました。

「なぜ読みにくい字が彫られていたんですか?」

知人がおっしゃるには、このような字は珍しくないとのことでした。目の見える人が書く字もいろいろあるとか。ある人は丸みをおびた字を、別の人は活字のように書くとか。さらには、時代によってよく使われる書体も変化していくこととか。石碑の文字はいわゆる崩し字が多いようで、簡単な字でも読み取るのは困難でした。それでも触れた文字はしばらく頭に残りました。大文字の「I」も上下に小さく横線を入れて書く人、長い縦線のみで表す人もいるようです。もちろんこれらのことに気付いたのは、次のような言葉を耳にしてからです。

「もっと丁寧に書いて。綺麗に書ける?」

私が小学一年の頃、墨字を教わっていた場面でのことでした。私からすると、「綺麗に丁寧に書く」と聞いてもピンときませんでした。この時、点字とは違う普通文字(私たちでいう「墨字」)の世界があることに目が開かれたのです。

点字は強く打てばはっきり出ます。弱く打つと文字として読み取れないことがあります。でも、打つ点を間違えなければ〝綺麗〟〝汚い〟の違いはないのではないか、とそのとき思いました。

私も小学校のとき国語の授業で漢字を習いました。止めや跳ねがあること、それらを乱暴に書くときたない、読みにくい字になることを、「丁寧に書いて」と直接私に言われたことで、より自覚したのでした。でもその当時はまだ崩し字があること、書く人によってそれぞれ個性があることまではよくわかっていませんでした。目の見える人たちは新聞や本などでいつも活字を見ています。それが目に焼きついているから、ふだん書く字もそれに似てくるのではないかと考えたのです。ですから私が点字を書く時と同様に、読みやすい／読みにくいといった違いはあまりないのではないかと思っていました。

また〝字体〟について周囲の人たちから教えられました。私の家に、時間になると音で知らせるタイマーがあり、0から9までの数字が浮き上がっていて、私でも入力できました。算用数字の「9」の縦棒がまっすぐになっています。でも、車のナンバープレートのそれは縦線の最期が左に曲がっています。私は質問しました。

「みんなが読んで使う字なのに、どうしてタイマーとナンバープレートではこんなに形が違うの？」

「それぞれ違うんだよ。たとえばこのタイマーのボタンみたいに縦のまっすぐの線で書く人もいるし、書き始めに短く横線を入れるようにしてかぎをつける人もいるんだよ」

現在さまざまなところで点字を目にします。家電製品では一部の電子レンジや洗濯機、炊飯器など。食品ではソースや食用油の瓶、マヨネーズのチューブなどにも打たれています。エレベーターや切符の券売機、各銀行（ゆうちょも他の銀行も）のＡＴＭの操作ボタンの横にもついています。

また選挙の際は点字投票ができます。投票所に行くと投票用紙と点字を打つ道具が専用の机の上に置かれています。その横には候補者名と政党名、あるいは裁判官名の一覧が書かれた点字用紙があります。この一覧表を確認しながら候補者名や政党名などを投票用紙に点字で記入します。そして他の有権者と同じ投票箱に入れるのです。

かな点字と呼ばれる一般的な点字の量は、墨字の文字数の2倍近くになります。かなだけで書くためと、文節ごとに1文字分の空白を入れる〝分かち書き〟という手法で書かれるためです。

「今日は天気がよいです」は漢字かな混じり文では10文字ですが、点字では次のように記すため、空白を含めると16マスになります（一部の点字は2マス使って表わします）。


「きょうわ　てんきが　よいです」


投票のところでも少し触れましたが、点字には専用の用紙があります。両面用と片面用の2種類があります。1行で最大32マス（空白を含む）と決まっています。ページの行数は片面が22行、両面は18行です。

私がクロスワードを得意なのは1文字1文字をかなとして捉えるためです。それは文字の世界だけにとどまりません。一つひとつの文字を追うのは得意ですが全体を捉えるのは苦手かも知れません。

目が見える人はパッと全体を捉えられます。たとえば本を読んでいて、特定の絵や文字がページのどのあたりにあるかをすばやく見つけることができるでしょう。章や節など見出しは本文の文字と色を違えたり文字の太さを替えて表現したりされているからです。

点字では段落は行頭から2マス（2文字分）空けて書き始めます。また見出しは4マス空け、6マス空け、8マス空け、10マス空けと大見出しになるほど右にずらした位置から書き出します。

点字本を読んでいて見出しを見つけたい時には、4マス空いている行を探せばよいのです。私は上から下に向かってなぞりながらその部分を探します。5マス目から書かれているということは、左端が少し空いているわけです。これはすぐに見つけられます。でもページ全体のレイアウトを両手の指で把握するのは困難ですが。

納得して理解したい…

私はパチンコを打った経験があります。

お腹のあたりにレバーがあります。それを右に回していくと玉がはじき出され、台正面のガラスに当たってパチパチという音がします。大当たりしたとき玉を受ける下皿、ガラスの横にある大小のスピーカーからはアニメやドラマさながらのさまざまな音が聞こえます（シンプルな音の台もあります）。

初めてパチンコを打ったのはいつだったでしょうか。その頃はただハンドルを適当な位置まで回し、あとはずっと握っているだけでした。そうして当たれば音楽が流れ出し、それとともに下皿から玉がジャラジャラと流れ出てくる―。そんな程度の認識しかもっていませんでした。

それから十数年経って、ある人にパチンコの機械内部について教えていただきました。

レバーを右に回すと、ガラスの向こうで玉がはじき出され、左下から右上に向かって跳ね上がります。そしてちょうど機械の天井付近まで上がると、今度はそこから右下に落ちてきます。そこにはチャッカーと呼ばれる穴があります。落下してきた玉がその穴に入った時点で、当たりかはずれかが決まるそうです。あとは、液晶画面の中でリールが回ったり「リーチ」になったり。また、チャッカーに入らなかった玉は機械の下の方に流れていってしまうそうです。私はこの、いわゆる「デジパチ」という種類のパチンコしか打てません。

オルゴールはシリンダーが回ることで櫛をはじいて音を出します。ふたがないオルゴールの内部を触ってみたことがあります。ザラザラした筒状のものがゆっくりと回っていて、その下にピアノの鍵盤のように縦長の細い金属板が並んでいます。シリンダーについているピンが櫛をはじいていることは、金属板を指で押さえるとそれが鳴らなくなることからわかります。

オルゴール博物館に行った際、係の方のご配慮で特別に巨大なオルゴールの内部を触ることができました。シリンダーではなくレコード盤ほどの大きさの円盤を回して音を出す仕組みになっていました。小さなオルゴールと比べるとそこについているピンの多いこと。そっと触ると痛いほどでした。

櫛まで触ることはできませんでしたが、このピンを触っただけであの深みのある音色が出るわけがわかったような気がしました。

拡大読書機というものもあります。巨大なレンズの下にある台に読みたいものを乗せます。すると目の前にある画面にその内容が拡大されて表示されます。手元のダイアルを右または左に回すと表示される文字や図の大きさを拡大、縮小することができる機械です。

弱視の方の中には書籍や郵便物を読むのにこの拡大読書機を用いているそうです。私は以前ある福祉機器展に行った時、初めてこの拡大読書機に触らせていただきました。私が使用することはないと思ったのですが、どんなものなのか理解したかったのです。

自動車もいつか運転してみたい！

私は視覚障害のため自動車免許を取得することはできません。でも車を運転するとはどういうものなのか体験したいと思っていました。小学生のころ自家用車の運転席に座ったことがあります。アクセルやブレーキペダルを踏んでみたりハンドルを回してみたり。もちろんキーは抜いたままです。エンジンをかけなければ運転することはできません。また、ギアの操作がどうしても必要になります。

その頃マニュアル車を運転している知人の車に乗せていただいたことがあります。私はその方にお願いして、運転中ギアを操作しているところを少しだけ触らせてもらいました。私にギアを直接握らせ、その上にご自分の手を乗せます。たまたま一時停止していた状態から徐々に加速していくところでした。ギアを左上、ファーストに入れ、つぎに左下のセカンドに入れ…とギアを切り替えていく様子が手から伝わってきました。

その後、科学館や交通博物館などで運転のシミュレーションも体験しました。実際に自分で操作してみて、「運転している」という感覚をつかみたかったのです。オートマチック車のギアももちろん触ったことがあります。こちらは停車中はパーキング、走行中はドライブに入れたままなので簡単そうです。

最近、少しだけ自動車教習の勉強をしてみました。ドライバーは運転をする前に車の点検をし周囲の安全を確かめること。運転席に座ってエンジンをかけ発進させるまでの動作。運転中のギアやハンドル、方向指示器の操作。そして道路上の標識の種類と役割。自動車教習の本を読んでひととおり学んでみました。

特に関心をもったのは、マニュアル車でのギアのシフト操作と道路標識の色や形でした。左手前がニュートラル、奥側がファースト。真ん中の手前に倒せばセカンドです。奥側に倒すとトップ。そして右側の手前がロー、向こうがバックです。発進する時はギアをファーストに入れ、セカンド、サードとシフトさせます。一般道ではトップに入れた時が一番速いそうです。

道路標識では、高速道路に関係するものは緑色であることを知りました。他にもたくさんありましたが、ルールが複雑で覚えきれませんでした（もし私が運転免許の筆記試験を受けたら、何問正解できたか…）。

右折する時は対向車が通過するまで待ってから（直進車が優先なので）、曲がります。一方、左折の時は対向車がいないのでそのまま左に曲がればよいわけです。どちらに曲がるにしても歩行者や自転車には気をつけなければならないのは当然です。

私は、ただ見える人が何をしているのか知りたかったのでしょうか？　気になる音がする。どうやってその音を出しているのか知りたかったのでしょうか？　そうでもなさそうです。つまり、車の後ろの席に座っている時、運転席から聴こえてくるカクンカクンという音はギアを操作している。どう操作しているか知りたいためだけに、手を添えて教えてもらったわけではないのです。

手で触れることでものがどうやって動くのか、そのしくみも知りたかったからなのです。マニュアル車のギアはクラッチペダルを踏まないとなぜ動かないのか。そしてどの方向に、どの程度傾ければ〝ギアが入る〟状態になるのか…。

私なりに触れたり動かしたりしてみて、ギアの働き方などを通して感じたことがあります。それは見える人と見えない人とで、確かに同じ世界を共有できるのではないかという感覚です。目で見ている部分と手で触れている部分は違うかも知れません。でも、それで同じ物体を認識したり、同じように感じることができる…という実感です。それに、学んだことを活かして、将来は何らかのかたちで免許を取り、私も自動車を運転したいと思うのです。その頃には自動運転の車が当たり前の世の中で、私はただ運転席に座って走行中の安全確認をしているだけかもしれませんが…。

5章

生きる世界が拡がる：自由な想像の世界へ

そばにいる人の合図から…

視覚障害者として生きている私は、いろいろな人との交流からさまざまなことを教えていただきながら世界を広げています。

「点字の世界、墨字の世界…」で書いたように、最初は「正しいか間違っているか」の確認から始まることがよくあるように思います。たとえば5、6歳の頃、初めてラジオ体操（第1）を教えていただきました。初めのうちは、両手をどこまで広げればよいのか、両膝をどれだけ深く曲げればよいのか。周りで体操をしている目の見える人の動作と同じになるように、教えられたとおりに間違わずにやろう。そんなことを子ども心に思いながら練習したものです。

全体の動作を覚えて体が自然に動くようになってくると、ある時「これで大丈夫」という瞬間が訪れます。でも周りの人の動きを見てそのように判断するのではありません。いつも私に所作を教えてくださる人が次のようにとおっしゃった時です。


「じゃあ横で見てるから音楽に合わせてやってごらん」


その言葉を合図に「周りの人と同じくらい上手になったんだな」と判断するのです。

補助輪なしで自転車に乗れるようになった時。鉄棒で逆上がりができるようになった時。レーズライターを用いて筆算で足し算ができるようになった時。そばには家族や友人や知人が見守ってくれて、それぞれの場面で「もう大丈夫」という合図をしてくれたのです。

なぜ私はこのようなことを書きたかったのでしょうか。それは、周りの人からいろいろな「合図」をもらった時、私にとって「世界が拡がった！」瞬間だったんだな、と思うからです。

逆上がりを練習する時。両手で鉄棒につかまり、両足でジャンプすることから始めます。そうして足が地面から離れる感覚をつかみます。

「じゃあ今度は鉄棒に飛びつく感じ」

友人が声をかけてくれます。鉄棒をしっかり握り、跳び上がります。最初は怖いのでそのまま着地してしまいます。何度も繰り返しているうちに胸の辺りがかするようになりました。

「次は顔を空に向けるようにしてみよう」

友人の声に励まされて練習を続けます。胸を鉄棒にぶつけられるようにはなりましたが、体を後ろに回転させると鉄棒から手を離しそうで恐怖を感じます。でも、頭の中で

（上を向いて太陽を見るんだ！）

（背中を丸めて顔を空に向けて…太陽が見えたらそこでやめよう）

とイメージを浮かべ、それに近づくように頑張りました。

そのうちに、体がフワリと宙に浮いたように感じました。両目でしっかりとまぶしい太陽の光を捉えました。そして、丸めた背中を伸ばしたはずみにクルリと体が後ろ向きに回転し、気付いた時には両足が地面についていました。初めて成功です！

一度できるようになると、もう「胸を鉄棒にぶつけるように」とか「仰向けで太陽を見るように」

とは思いません。それが正しい動きかどうかよりも「できた！」という感覚で頭の中がいっぱいになるのです。

そして、足を伸ばした勢いで回転したことを思い出すうちに別の想像がわいてきました。

（勢いをつけて逆上がりできたのなら、何回もグルグル回れるかも知れない。

扇風機の羽が勢いよく回転するみたいに。）

扇風機の金網の中に誤って指を入れ、ゆっくり回っていた羽に指を当てたことを思い出したのです。その時はバチバチッとすごい音がしました。指も切らず羽も痛めず大事には至りませんでした。風量が〝弱〟になっていたのがさいわいしたようです。

その時は痛い思いをしましたが、おかげで扇風機の羽が回転するイメージをもつことができました。逆上がりを成功させた今のイメージと組み合わせてできたのが「連続逆上がり」でした。これは小学校時代私の得意技の一つになっていました。

世界を深く感じる…

私が私たちの世界について想像する時は、何かの動作を覚える場合とは異なります。「正しくイメージできた」と感じるよりも「ここまで深い世界なのか」と感嘆することが多いです。

以前私は、外国の砂漠に行ったことのある人と出会いました。私は砂漠に行ったことはまだありません。

「砂漠はどこまで行っても砂ばかりなんですか?」

「砂漠は砂だけではなくて岩石もゴロゴロしているんです」

砂と聞いて真っ先に思い浮かぶのは砂浜です。サラサラした砂の上に立っている私。砂漠ですから周りは灼熱の世界。まばゆい太陽の光が頭上から照りつけ、サウナの中のような熱い風が吹いています。砂の上を数メートル進むと大きな岩があちらこちらにゴロゴロしている、小さな岩山のようなところに立っています。

「昼間はものすごく暑いんでしょうね。夜はどうですか?」

「昼間と違ってとても寒くなるんですよ」

真っ暗な砂漠。やや大きな岩石の影にしゃがんで、寒さをこらえて震えている私。気温は、日本の晩秋の夜の寒さと同じくらいでしょうか。

また、私にとって想像力が最も膨らむ瞬間は、色彩の世界をイメージする時です。20代のはじめに〝色合い〟を知った時から、色というものの奥深さにますます惹かれています。

「リンゴに近い赤」

「土色に近い茶色」

　こういわれても、それぞれの色を実際イメージすることは、私にはできません。それでも、その色合いの〝拡がり〟や〝奥行き〟のようなものは、なんとなく感じている…。そんな気がすることがあるのです。

私にとってのイメージ

　何かができるようになる、未知の場所を知るようになる。私にとって「イメージをもつ」ことは、とても不思議な感覚です。逆上がりや砂漠のイメージは、それを教えてくださる人の合図や言葉によってできあがっていきます。

　そこで一度できあがったイメージは固定化するかというとそうでもないです。今この原稿を書きながらもう一度、夜の砂漠を思い浮かべてみます。岩陰にしゃがんで空を見上げている私が浮かびます。周囲に障害物がない砂漠のど真ん中なら夜空の星がよく見えることを知っているから。

　風景は私にとっては未知のものです。朝焼け、夕焼け、またその間の色の微妙な変化を知ったのは成人してからのことです。

小さな頃、風景に対する私の理解はとてもせまいものでした。晴れている時は空が明るく、曇っている時や夜の空は暗い。雨あがりに虹が出ると空が光っている―。そんな程度でした。

自然の風景、特に色の移り変わりを知るきっかけになったのは風景写真を見てからです。朝早く、太陽がゆっくりと上ってきます。色はオレンジから赤に変わります。そして夕焼けは赤からオレンジに変わります。

さて昼間の空の色はどうでしょう。晴れから曇り、曇りから晴れと空模様が大きく変化しなければ空の色もそれほど変化しないと思っていました。つまり晴れている時は青色です。薄い雲が出ている時はネズミ色で、黒雲がわく時には黒に近い色。そう思っていました。

ある場所に三脚を立てます。カメラのレンズをある方向に向けたら、シャッターを開けていわゆる露出状態にします。写真を1枚撮ります。そして1秒後にもう1枚撮影します。

帰宅してからこの2枚を見てみます。空は明るく、遠くになだらかな山並みが見えます。そして、それぞれの写真に写った色はまったく同じではないそうです。

1枚目を写してからもう1枚を撮るまでたった1秒しか経っていません。比べてみると色が違う。これは私にとってとても大きな驚きでした。

モノと語らう

宝石やブレスレットをはじめ石を専門に扱うお店に入りました。小さな水晶が並べられているコーナーに巨大な水晶の原石が置かれていました。石を2つに割ったうちの片方で、底の深いお椀を立てたような形をしています。お店の人におことわりして少しだけ触らせていただきました。

断面には水晶の結晶がびっしりと並んでいます。数を数えようとしましたが、あまりにもたくさんあるのでやめました。ざっと見た感じでは百個以上はありそうです。手のひら全体で触るとゴツゴツした突起が固まっているように感じます。

今度は指先でなでてみました。一つの結晶は周囲が2、3センチほど。ある結晶は先端がとがっています。その隣りの結晶の先端は丸みをおびていて、根元の方はポッテリした感じです。結晶の高さが1センチのもの、3センチのものとさまざま。中には二つの結晶が合体したのもありました。

一つひとつの結晶に触れるにつれその形や大きさが違うことに気付きました。それまではみな同じようなものだと思っていました。こんなに多様だとは知りませんでした。それからというもの、こう考えるようになりました。どんなものでも同じものは一つとしてないのかも知れない。そう思ったら、さまざまなものに触れる時に注意をはらうようになりました。

たとえば、同じ規格の木の椅子でも、触れたり座ったりすると微妙な違いのあることがわかります。一番目の椅子に触れると、座面の端に切れ込みがあります（誰かのいたずら?）。その後ろに置かれた別の椅子に座ると少しグラグラしています。パイプ椅子の例でいうと、背もたれに出っ張った文字で会社名が刻印された二つの椅子に触れたことがありました。左側の椅子の背もたれに小さな傷がついている。それを私は手で触れて〝見る〟。右の椅子には傷はありませんが、そのとき隣りにいる目の見える人が、足の部分にさびのあることを〝見た〟のでした。傷とさび、どちらもそれぞれの椅子の特徴です。私と目の見える人とで二つの椅子の〝個性〟を見つけ出したといえるのではないでしょうか。そこから、同じメーカーの同じ規格のものでも、どんな違いがあるのかを、観察できた体験でした。

百円玉は周囲がギザギザしています。最近までどれも同じ形をしていると思っていました。私の財布から百円玉を2枚取り出して手に乗せてみました。わずかな違いのあることに気付いたのです。1枚ははっきりとギザギザしていることがわかります。もしかしたら製造年月日が新しいのでしょうか。指先が痛むほどではない、鋭いという感じでもない…。〝シャープな〟という言葉がぴったりくるかも知れない。「僕は百円だぞ」と主張しているようだ。

もう1枚はあまりギザギザしていません。ためしにこのコインを右手に持ちゆっくり回しながら、左手の中指で周囲をなぞってみました。指先に心地よい感じが伝わってきました。「わたしは百円ですけど…」と小さな声で教えてくれているような感じ…。かなり以前に作られたのかも知れない。

それぞれの硬貨をじっくり触っているうちに、それぞれの〝個性〟のようなものが伝わってきました。ものの特徴から事実を読み解こうとする探偵になったような気分。

さて、実際にこの2枚を晴眼者に見ていただきました。はっきりとギザギザが感じられる方は平成20年代に鋳鋳造されたもの。もう1枚は昭和60年代に発行されたものでした。

財布の中の小銭を整理しながらこんな〝暇つぶし〟をしたのです。いろいろな人の手から手へ渡っていくうちにすり減っていったのでしょう。私のところにくるまでにいったい何人の人に使用されてきたのか。１枚は数年間、もう１枚は30年以上かけて私の財布に入ったコインに思いをはせていました。

恐怖について

私は恐怖をどのようにして克服してきたのでしょう。今思い返してみて、体験を通して少しずつ。

２歳ぐらいのとき草を怖がっていました。

風で草が動く時ザワザワと音を立てます。またそのとき手にチクチクしたものが触れます。それが嫌だったのでしょう。

そんな私の様子を見て家族が「大丈夫だよ」と声をかけてくれます。その声を聞いて、ひっこめていた手をそろそろと出して草に触ります。でもやっぱり怖い…。すぐに手を戻してしまいます。

そんなことを繰り返すうちに少しずつ草の動きに慣れてきます。動いている草は自分にはけっして害を与えないことが、少しずつわかったからです。

もう少し成長して５、６歳の頃のこと。危なっかしい手つきでコップを手に持ち、茶の間のテーブルに置きました。その手がテーブルの上の何かにぶつかったので、コップの位置を少し変えようとしていました。

どこかに置いたままにできないのです。われながら不思議な癖だと思います。自分で置いた場所から動くことはないはずなのに…。でも、どうしても手から離すことができません。よく考えているうちにそのわけがわかってきました。どこに何を置いたのか不安になっていたのではありません。いま手に持っているものを置く場所に困るのです。つまり手にしているコップを置こうとして、置きたい場所に置けなかったらどうしようと考えてしまうのです。どこに置けば安全なのか事前に確認すればよいのですが…。

バンジージャンプの経験もお伝えしておきます。

20メートルの高さから飛び降ります。それを聞いた時〝怖さ〟を感じました。ひもがピンと伸びたら停止。時間にすれば数秒でしょう。その間どうなるんだろう…。

一番高いところまで上がったとき、20メートル下の地上が見えることでしょう。目の見える人たちは顔を下に向けて、自分がいま立っているところが地上からどれほど高いのか測っているのかも知れません。

私は目で見ることはできない。だから躊躇せずに飛び降りることができる…。

確かにそういう考え方もできます。でもやっぱり私も恐怖を感じていたのです。〝これから地上に向かって飛び降りるんだ…〟という怖さを感じていたのです。足元のはるか下から人の声が聞こえてきます。高いところに立っているので風が強く吹きつけます。これから人の声が聞こえてくるところまで落ちてゆく…。そう考えたとたんに顔がひきつるのがわかりました。

目で見ないから感じないと思っていた感情を私ももっていました。たとえば、竹とんぼは両手の手のひらを勢いよくこすり合わせ、手から放とうとして躊躇してしまいます。自分に向かって飛んでくるのではないかと怖がってしまうのです。バンジージャンプの恐怖とはずいぶんスケールは小規模ですが…。また、コマを回す時。まずひもを巻きます。下の方を太く、上にいくにつれ細くなるようにします。巻き終わったらコマを前方に投げるのですが、そのタイミングがなかなか難しい。怖い感じ…。

平均台も私にとって怖いものの一つでした。2本の台に片足ずつ乗り、すり足で渡っていく。そのことに心細さを感じたのです。平均台は床から数10センチの高さに、地面に対して水平に置かれています。そして、細い！　平均台に上がる前に手で触れているから、わかります。

平均台を渡りながら、頭の中は、「床に届かない」「細い代の上を歩いている」ことでいっぱいです。目で床からの高さや細い台を見つめていないのに、まるで見ているかのように怖さが増します。目をつぶっても、同じです。そんなことが何回もありました。これを克服するのは難しいのでしょうか…。

ある時を境に、なんとか怖がらず渡りきる方法を見つけました。ゴールだけを意識するやり方です。ただゴールして、無事に床に降りることだけを考えるようにしてみたのです。

いつの間にかゴールしていました！　でも考えてみると、これは、目が見える、見えないことと関係ないかも知れませんね。

緊張について

たくさんの人に見られていると思う時に緊張します。私の場合、どのようにしてそれを感じるのでしょうか。小学校の頃。国語の時間に作文を読んだことがありました。心臓がドキドキします。点字をたどる指が震えます。〝クラスのみんなに見られている〟とわかっているからそうなるのですが。なぜなのでしょう。私には級友や先生の視線は見えないはずなのですが…。

私の目の前にたくさんの人がいます。私の方を向いていて、見ているのでしょう。この感覚は、実は静けさから感じていました。静まり返った教室内で自分が作文を読む声だけが聞こえている。

もう少し考えてみると、私にとって〝見られる〟というのはどんな感じなのでしょう。たぶん目が見えたら、ある人は私の表情を見ていて、別の人は私の手元を覗いているのが見えることでしょう。たとえば今まで話していた人の声がだんだん小さくなり、静かになっていく。私はその音の変化を聞いて、人の視線が集まり始めるのか推測しているのかも知れません。

たくさんの視線が当たっている、つまり大勢の人から見られていることが恥ずかしいとどうして感じるのでしょう。考えてみるとこれも不思議なことですね。晴眼者と同じように私も緊張するのですから。

ちゃんと読まなければと思うのです。それは目で見られているだけでなく耳で私の声を聞かれているからなのですね。

ある時から、作文を読むことが怖くなくなりました。どのようにして克服したのでしょう。見られているること、聞かれていることを気にしなくなってからです。気持ちを落ち着けて、作文に書いたことを、ただそのまま声に出そう。読む前にそう決心して夢中で読んでいるうちに、緊張感はいつの間にかどこかへいってていました。これは目の見える人と同じかも知れません。

〝ない〟ものでさえ感じる

私が10年前に書いた『視界良好』の中で、効果音についてのエピソードを紹介していました。私はアニメやドラマを観る時、いろいろな効果音を頼りにして、今どの場面が映っているのかをイメージしているという内容です。

別の角度から、あらためてテレビの中の世界について書いてみたいと思います。アニメでは、近未来のＳＦの世界、魔法の世界など描かれることが多いです。私たちがいま生きている現実には〝ない〟ものもたくさん出てきます。

たとえば、空飛ぶメカを観ています。私の場合は、メカのエンジン音を聞いているのですが。イメージの中で私は、そのメカの操縦席に座っています。シートは少し固めです。両手で2本の操縦桿を握っています。手に、ちょうどゴムを握っている感じです。画面の中の実際の操縦席は見えません。ですから、私なりに好きなように想像しています。

今度は魔法の杖。このイメージは、幼い頃と大人になってからでは違いがあります。杖は金属だと、幼い頃は思っていました。白杖が合金でできているからです。でも、持ち手の部分が木でできた杖があることを、知りました。松葉杖がそうですね。それからは、魔法の杖を持っているところをイメージする時、木製の杖が浮かぶようになりました。金属の杖が浮かぶ時もありますが。

実際に存在しないものでも、触った感触も含めてイメージするのは私にとって楽しいものです。なぜなら、イメージが豊かになるからです。操縦桿でも魔法の杖でも、実際にそれを手に、操作したり扱ったりしている。それを思い浮かべた方が、ただ効果音を聞くよりも、アニメを観る楽しみが増えると考えるからです。

〝ない〟からこそあり得ることも…

3章のメガネのエピソードなどで書いたことですが、自分のことながら、好奇心が強いのだなぁとほほえましく思います。また、アニメキャラクターが体のサイズを変えたり、過去や未来に行ったりするのを観て「私たちにもできないんだろうか…」と本気で考えたものです。自分と同一化しながら作品を観ていたところがあります。

私は、人間にはどんな可能性があるのか、子どもの頃からよく考え続けてきました。今でもそうです。自分にとってのその原点を探ってみます。物心つく頃から好奇心が強く、いろいろなものに惹かれていました。おとぎ話を読んでいる時もゲームを楽しんでいる時も、「きっとこういう世界はあるはず」と、いつも考えていたと思います。単なる空想やイメージ、ゲームの中の世界だと割り切ってしまうことは、どうしてもできませんでした。ある時、友人がテレビゲームで遊んでいました。私はその横に座って一緒に楽しんでいました。時どき、ゲーム内で今なにが起きているか、友人が私に伝えてくれます。プレーヤーは4人の人物を選んでパーティーを組ませ、冒険をしていくストーリー。今、4人が町に入りました。街の薬屋で売っている薬草はどんな傷にも効く—。武器屋で売られているこの防具は値段が高い—。そのゲームをプレーしている友人の説明を聞きながら、私もおおいにその世界を楽しんでいました。なぜなら当時の私は、そんな世界がきっとあるのではないかと、信じていたのだと思います。これは私が10代の初めの頃のことでした。

何かがありそうだ、あるかも知れないと考えることは、逆にいえば「あるわけがない」と思っていないということになります。最初からそんな世界はありえないと否定する気になれなかったのです。現実と違う世界があると想像するのは私にとってとても楽しいことでした。そのような場所で生活しているところまで思い描いていました。でも、架空の世界をイメージして楽しんでも、すぐになんだかものたりない気持ちになっていました（30代なかばになっている現在、この原稿を書きながら、もう一度その想像を試してみました。想像を始めてからものたりなさを感じてやめるまで、測ってみるとだいたい15分ほどでした）。

ゲームのエピソードの話に戻ります。私がもの足りない気持ちになっていると、私の気持ちを知ってか知らずか、友人が、またゲームの解説をしてくれます。

「今、全員回復させたよ！」

そこからまた私の想像が始まります。厳しい戦闘の中で、一人は倒れ、二人目は魔力が減り…と追い詰められ、絶望的な気持ちになります。街で買っておいた薬草を全員が飲むことで回復することができました。元気を取り戻し仲間どうし顔を見合わせてうなずき合っています。今度こそこの戦いを乗り切ろうと、決意を新たにしています―。実際にはパーティーの四人のそれぞれ、いま体力がいくら残っていて、どの武器が手元に残っているのか、そのつど聞いていませんし、プレーしている友人にもし今の私のイメージしたことを伝えたら、「それどころじゃない、回復したけどアイテムが少ない!」と言い返されたかも知れないのですが…。私のイメージは続きます。

あると思ったことは、とことんイメージしてみる。現実にないものでも実はあるかも知れないと何度も思っているうちに、想像力がどんどん膨らみ、具体的になってくるのです。たとえば「薬草は現実にもあるからいいとして、何にでも効く便利なものは、ゲームの世界の中だけのことだろうし…」と、その〝存在〟をどこかで否定していたら、友人から「みんな回復した」と聞いても、四人の気持ちまで推し量ることができなかったかも知れません。四人が決意を新たにする、私なりのストーリーを考え、ワクワクしていたのです。私の想像力のルーツはこんなところにあったのかも知れません。頭の中で細かに場面を描けること、自分や周囲の人の気持ちを考えられることが豊かなイメージを湧き起こせるための大切な要素だと思えます。先のようなイメージが浮かんで嬉しい気持ちにもなっていたのです。

さて、私は、ただ豊かな想像の世界を楽しむことだけでよいと言いたいのではありません。それはただの気休めではなく、もう少し積極的な感覚のつもりです。何かの形で自分が実際にそれを体験する可能性があると考えたら、楽しくないでしょうか？　いつか自分自身が、それを手にしているかも知れません。それは、欲しいものだったり、なりたい状態だったり。イメージしたことを楽しいと感じたら、今度は現実にそれがあるかどうかを考えてみます。イメージのすべてが私たちの住む実際の社会にあるとは限りません。でも、まずは心の中でそれが社会にあったらどうだろう、実際にそれを経験する方法はないだろうか、求めることから始められると思うのです。

感覚の拡がりのために…

個人の中で、感覚はどこまで一緒に働くのでしょうか。目が見えたり、手で触れられる動画（!?）を触ったり、空を飛ぶ感覚を味わったり。今までにないことを体験する時、それはどう感じられるのでしょうか。

ふだんの私たちはものを見たり聞いたり触ったりしながら、生活しています。人によって、目が見える状態。見えにくい（見えない）状態。耳が聞こえる状態、聞こえにくい（聞こえない）状態…などなど。目と耳両方、見えにくい（見えない）、聞こえにくい（聞こえない）状態、盲ろうの状態。いろいろな状態の方が生活してますし、それぞれの感覚で世界を捉えています。

同じものを見て認識しているとしても十人いれば、それぞれ違う捉え方をしているものでしょう。それは、同じ緑色を二人の目の見える人が見た時、反応の仕方が違うことからもわかります。

たとえば「コケのような色」だと言うAさん。「森の色みたい」と言うBさん。違う感じ方をしています。これはあくまで一例ですが。

それぞれ違う捉え方をしている人がいて、だから世界は面白いのでしょう。みんながみんな同じように感じていたら、きっとこの世の中はつまらないかも知れません。

一人の人がとらえている世界は、はたしていつも同じでしょうか。たとえば緑色を見るといつも「コケの色」をイメージするAさん。それが良いとか悪いということではありません。その緑色を見た時、別のイメージがわいてくることはないのでしょうか。

私が提案したいことがあります。いつもはコケの色に見える緑色を見る時に、いつもと違うことをしてみるのです。何をするのでしょう。それは、コケを触った時の手の感触をイメージするのです。あるいは、コケの香りを一緒に想像してみるのです。すると、感覚が拡がって豊かになります。

コケの香りと一緒に、森の香りを感じる時もあるかも知れません。そうすると、緑色を「森の色」と感じる瞬間が訪れてくるかも知れません。

遊びでやってみると、今までにない新しい感覚が起こってくるかも知れませんね。

ロング・コラムⅠ

私の描く未来

自分の目が見えるようになる…

二〇一〇年ごろからiPS細胞が注目されるようになりました。体の中のどんな組織も作り出せるということで、特に再生医療への応用が期待されているそうです。再生医療によって、失われた組織や完全に発達できなかった組織をよみがえらせ、あるいは完全な状態にできる―。二〇一一年頃、私はそのことをインターネットのサイトや知人との会話で初めて聞いた時、とても驚きました。そして、素晴らしい技術だと思いました。

10数年前に手の指を失った方数人と、別々の場所で出会った時のことがふと思い出されました。もし、iPS細胞や再生医療が実現していたら、その方たちはもう一度、指が再生して、失う以前のように生活したいと考えるだろうか…。その時は、自分自身のことについてはまったく考えていなかったのですが。

それから2年経った二〇一三年12月中旬。ある学校にゲストティーチャーとして招かれた時のことです。前著『視界良好』についての私の話を終え、その後、生徒さんからの質疑応答もたくさんあり、充実した会でした。いつもと同じような気持ちで、家に向かっていました。その日は送迎してくださる方がいて、その人の車に乗せてもらっていました。なんの前触れもなく、突然、ひらめくようにしてある考えが浮かんだのです。

（見えるようになりたい!!）

ただ、それだけでした。自分で気付けない何かのきっかけがあったのかも知れません。その時までに新しい医療のことを聞いていて、それが引き金になったのかも知れません。視覚障害者として生きてきたことを学校の生徒さんにお話した直後でしたから、もしかしたら生徒さんが問いかけてくださった質問がきっかけになったことも考えられます。どちらにしても、自分のことについて新しい世界に目が開かれたような、そんな感覚だったのです。

私は全盲として生まれました。そして現在まで、視覚障害者として生きてきました。それは私に、目以外の感覚を使って世界を楽しむことを教えてくれる、素晴らしい経験だと思っています。目が見えずに生きていくことを嫌だと思ったり、目が見える人たちのことを羨ましいと感じたりしたことはありました。でも、私なりにこの世界を生きていけばよいのだからと明るくとらえてきました。『視界良好』を書き、出版させていただけたのも障害のおかげです。目が見えないおかげで、いろいろな方に手引きしていただいて街を歩けます。そう思います。

なぜ突然「見えるようになったら…」と考えたのか、今でもわかりません。でもそれを境に、こんなことを思い浮かべるようになりました。もし私が、炸裂音を聞くだけでなく、色彩の変化や動きを眼で追いながら、夜空に上がる花火に拍手することができたら…。今までものを見たことがない私にとって、まったく新しい体験になり、その瞬間のことを思うとわくわくせずにいられません。

未来のスマホ？

スマートフォンはどんどん進化しています。記憶できるデータの量が増えたり、もっと速く動作するようになったり、変化のスピードに目を見張ります。ほとんどのスマホの画面は、触れるとツルツルしています。タッチパネルです。パソコンと、画面情報を読み上げる専用ソフトを組み合わせて、音声や点字でホームページやメール内容を読みます。また、この読み上げソフトを用いてワープロ、表計算ソフトも使用します。同じように、画面を音声で読み上げてくれるスマホ専用ソフトがあります。最初から組み込まれていて購入した直後から音声の助けを借りられる機種があります。それとは別に、無料の読み上げソフトをインストールして初めて、画面内容を読み上げる機種もあります。ですから、画面上にボタンがなくても私たち視覚障害者も操作できるようになっているのです。

さて、未来にはこんなスマホがあればと考えます。画面に現われた文字や図形が、そのまま浮き上がってくる新感覚のスマホです。

たとえば、天気予報を調べます。

タイトル文字がぱっと浮き上がります。漢字で『天　気』と。

縦横5センチの巨大な文字を、私は指で触れて読みます。

浮き出た文字のすぐ下のタッチパネルを2回タップすると、今度は点字で「天気」
　　に変換。

点の大きさは、エレベーターなどにあるものと同じサイズです。

天気予報では夏、日本で一番気温が高い地域は、赤く表示されます。熱中症に気をつけてくださいという「危険」を色で示しています。その赤く表示されたところを、このスマホでは、温度の高さで表わします。手で触れると、そこだけほんのり暖かい。もちろん、赤い色そのものも目で確認できます。文字や地図だけでなく、〝動き〟も手で触れてわかるようになっています。なんと、動画そのものが飛び出してくるのです！

サッカーの試合を観ると、選手たちはフィールドを絶えず走り回ってプレーしています。それをそのまま表現したら、手で触れた時に速過ぎて、一人ひとりの動きを追えません。ボールがあるところ、選手たちが競り合っているところだけ、温度が高くなります。そこをタッチすると、もう一つの小さな画面に、やはり指先で触れられるようになっている映像が、10秒ほどスローモーションで映し出されます。このゆっくりと流れる動画を手のひらで軽く押さえます。小画面のスローモーション再生がとまります。そして、この場面が自動的に本体に保存されます。こうしておけば試合の後などに、この一瞬を今と同じゆっくりしたスピードでもう一度、手の感覚でも、味わうことができるというわけなのです。

先ほどの「速い」プレーを、実際に再生してみます。ボールが転がっています。それを追いかけて、両チームの選手が一人ずつ左と右から走ってきて…、追いつきました！

その瞬間、二人がぶつかり合って、左側の選手があお向けに倒れています。そしてボールは、右エンドのチームに拾われてしまいました…。これだけのことが、その一瞬に起きていたんですね。

—こんなスマホが将来、発売されたらと、最近考えます。

ニュース記事、天気図、スポーツ中継など、手や耳や目などさまざまな感覚を通して楽しめるというわけです。色の違いを温度で知らせたり、動画が浮き上がったり。ただし、使う人の必要に応じて、自由に機能のオン・オフを切り替えられ、「よりわかりやすく」ということで、こんな機能も追加されることでしょう。地形の種類は、違う太さの線で表わせるようになります。たとえば、川の流れは細い冷たい線で、いま活動している火山は三角形の山の形、触ると少し熱く感じます（やけどする心配は、もちろんありません）。

別画面で、先ほど保存しておいたサッカーの動画の一場面を両手で触っていると、ときどきスマホが静かに震えます。スローモーションで動いている「動画」のすぐ下に『タックル、ボールは右エンドに！』と、点字または普通文字で、テロップが出ます。簡単な説明ですね。この説明文、お好みの言語で表示されます。今のテロップを英語でも、中国語でも、アラビア語でも、使っている人に一番なじみのある原語で表示できます。

多くの人のアイディアや要望を実現させ、誰もが楽しめることを目指して作られています。そしてどんどん、進化し続けています。そのうちきっと、「香り」も楽しめそうです！

こんなスマホを使えるようになる〝未来〟は、そう遠くないと思うのです。

未来の自然体験ツアー？

未来には、こんなツアーがとても注目され人気を呼ぶことでしょう。私が特別に紹介いたします。

熱帯雨林はいつも暑く湿っていて、いろんな生き物が暮らしています。木の上にはゴリラが、川にはワニが住んでいます。熱帯の密林で自然と触れ合う目的で行なわれる3日間のツアーです。参加者は30人ほど。もちろん現地ガイドさんも通訳の人も一緒です。安心して参加できます。

ツアーに参加する人々は飛行機でやって来て空港で入国手続きを済ませ、バスに乗って近くのホテルへ。チェックイン後、各自それぞれの部屋に入ります。旅装をといて少し休んだ後、必要な荷物だけを持ってホテル玄関前に集合。目的の密林までそこから大型バスで1時間半ほど。

森に到着して驚かされるのは、バスを降りたとたんに人工知能（AI）を搭載した小さなカブトムシ型ロボットが出迎えてくれること。どこからか飛んできて、ツアー客の目の前で地面に着地、少し歩いて止まります。このロボット、登山用のバックパックほどの大きさです。2時間充電の太陽電池で動き、一日中飛び続けても十分なようにできています。ほんとのカブトムシを捕まえるのを助けてくれます。飛んでいるカブトムシと同じ速度で飛び、ロボットが持っている小さな網に、傷つけずにうまく誘い込み捕まえるのです。そして、地面に降り、ツアー客に見せてくれます。捕まえて観察したら(もちろん触ってもOK)、必ず放してあげるのがこのツアーのルール。魚釣りのキャッチアンドリリースと同じです。

虫取りに疲れたら、森の外に出てみんなでバーベキュー。参加者全員が十分くつろげる広場です。ここでも、さっきのロボットがちょっとした体験をさせてくれます。希望者限定なのですが…。このロボットにつかまると、なんと一緒に地上から数メートルの高さに浮き上がれます。そして一瞬ですが、カブトムシと同じ速度で飛ぶのです。もちろん安全のために地面にはやわらかいマットが敷いてあります。万が一空中でバランスを崩してそのまま落下しても、ケガをする心配はありません。

なぜ、このロボット、そんなすごいことができるのでしょう? 実は、大きなカブトムシを捕まえた時、その虫の飛び方を解析しながら記憶していたのです。その動きについてロボットは思い出しながら、参加者が事故に遭わないように人工知能で考えて、再現できるというのです。

慣れてきた人はこんな体験もしているようです。ロボットに捕まりながら、あちこち飛び回っているのです。おでこに取り付けたセンサーが顔の向きを感知してそれに従って飛ぶのです。ロボットの助けを借りて大きな木に向かって飛んで行き、太い枝に「とまって」休む人もいます（途中で怖くなったら、さっき虫を捕まえた網が大きく広がってすっぽり包んで、ゆっくり地上に降ろしてくれます）。人間が捕まって空を飛んでも大丈夫な設計なので、望遠レンズのついたカメラの重さが加わっても、ふらついたり落ちたりはしません。別の人はそれを聞き、さっそくカメラを担いでロボットと一緒に高い木の中腹まで上がっていました。その木のてっぺんにいるオランウータンの様子をまじかで撮影し、写真コンテストに応募するんだそうです。

初めは、スリリング過ぎるせいか、人間が小さなロボットに捕まって空を飛ぶ「体験ツアー」は、人気が出ませんでした。でもＴＶで取り上げられたり、雑誌に参加者のインタビュー記事が載ったりして安全なことが証明され、このツアーに、たくさんの人が世界中から参加するようになっています。

カブトムシが地面を歩く様子は、目で見たり手で触れたりして、感覚的にとらえられます。私たちもカブトムシの気分になって空中を飛び回るスピードや高さを体で感じられます。しかも誰でも安全に体験できます。これが、ツアーの人気の秘訣なんです。

このツアーの実現のために、温暖化の問題をはじめとして地球環境の保護課題をきちんと解決しておかなければ、と思います。

第Ⅱ部

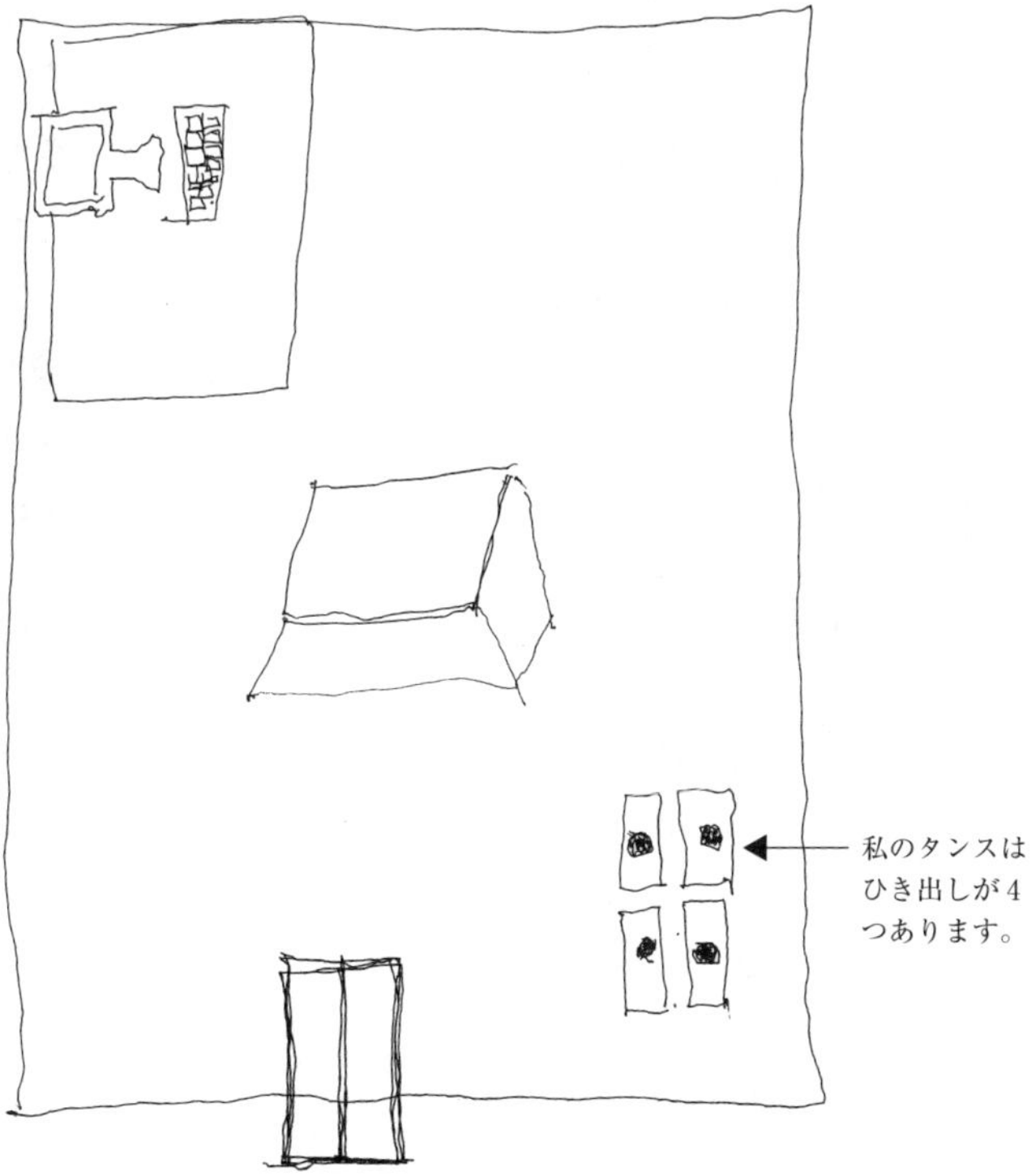

現在の私の部屋はこんなふう…

6章 自分の気持ちを見つめる

人前での緊張と安心感

私は10歳代の後半頃から、自分自身の体験について講演を通じ多くの方にシェアする機会をもらってきました。聞いてくださる人数はそのときどきで違ったのですが、多くの機会をもらえて本当にありがたく思っています。それで講演時には、あまり緊張することなく自然に一言めを発せられるようにしたいと考えてきました。いつも、会場となる会議室やホール、体育館に入る時に、私なりの心の準備をしていました。

講演を始めたばかりの私、この「緊張せず」がなかなかできませんでした。会場に入った瞬間、たくさんの人の声がしてその人数に圧倒され、心臓の鼓動が速くなって汗がにじんだり、足が震えたり…。演台の上のマイクスタンドに触れると、鼓動がますます速くなってくる…。それから急に静かになる会場…。司会の人が私を紹介してくださる声…。両手が汗で湿ってきます。そんな中で、覚悟を決めてやっとのことで第一声を発していました。

あがらないために一般によく言われる「観客や聞いている人を、野菜が並んでいると思え」といった方法も検討してみました。ある会場で本番前にこっそり試しに想像してみたことがあります。たくさんの椅子が並べられていて、その上にジャガイモが座っている…というぐあいに。ジャガイモにはみんな泥がついていて無造作に椅子の上に一つずつ乗っている。椅子の上に新聞紙が敷かれてないので、座面が泥で汚れている。でも、そのイモと土の香りはステージに立っている私のところまでは届いてきません…。どうしてもそんなイメージが浮かんできてしまうのです。本当の本番にこれを想像したら、絶対噴き出してしまいます。どうもこのイメージは使えそうもない…。

ある時からですが、講演会場に入ってあまり緊張していない自分に気付きました。たとえば、会場のたくさんの人の声が聞こえても、主催者の人と落ち着いて打ち合わせが進められるようになっていたのです。最初はたんに、講演に慣れたからだと思っていました。でもよく考えると、あがらなくなってきたのには、一つのきっかけがあったのだと思います。それは、主催の人との打ち合わせ時「講演の後、会場にいらっしゃる人からの質問の時間を長くとっていただいてよいですか？」と尋ねたところ、「ぜひお願いします」と言ってくださったことでした。それで講演の前半は私の話、後半は多くの人から質問を受け、それらに答える時間をできるだけ多くとっていただくようになりました。この形式は私の心情にフィットしました。
私の講演だけで質問時間も何もなければ、聞き手にとっては「なんだか、よくわからない人がやって来て、自分の話だけして帰っていったぞ」と思われるだけになるかも知れません。私にとっても、「この会場にいた人たちは、どんなことを思いながら聞いてくださったんだろうか」と、不安な気持ちで会場を後にすることになります。ですから、講演と質問時間が半々の形は、私にとって安心できる設定だったんだな、と思います。このスタイルで講演活動を続けていくうち、だんだんわかってきました。どういうことを思って聞いてもらっていたのかが自然に感じとれる機会が増えていきます。そして特に質疑応答の時にこのように感じます。「みんなと一緒にここにいて同じ空間を共有しているのだから、大丈夫」と自然に思えてきて、それが私にとっての安心感につながり、必要以上の緊張がなくなっていったのだと思っています。緊張しないためには、なんでもよいけれど、その人にとって（私にとって）安心できる形を見つけられるのが早道なのだと考えています。

これまで何度かラジオに出演する機会もいただきました。ラジオでは講演する時と違い、聴取者が眼の前におられません。そんな時、どうやって心の準備をすればよいのか。スタジオには、ディレクター、パーソナリティの人たちと私だけ。全部で5人ほど。一人ではないのだから安心して本番に臨めると思ったら、やはり最初は落ち着きません。見えないけど、たくさんの聴取者の人がそれぞれラジオの前にいらっしゃるはずなんです。でも出演中は、私とリスナーの人たちとの直接のやり取りは不可能です。その状況を考えると、不安がつのってきます。リスナーからの質問の声が聞けないからです。とにかく、今はマイクに向かって話さなければなりません。そこで、私がラジオ番組を聴いていた時、番組司会者やナビゲーターの人と出演者さんたち、楽しそうに打ち解けて会話されてたなぁ…。「よし、そのとき聞こえて感じていた雰囲気を、イメージの中で今いるスタジオにもってこよう…」と。

すでに私の横で司会者さんがもうすぐ番組を開始することを告げています。実際に始まってみると、どうして息がぴったり合うのか、楽しく話すことができるのかわかるような気がしました。司会者の人と挨拶し、質問に答え、エピソードを語り…。そうしているうちに、お互い気持ちが通じて一緒に盛り上がる場面が出てくる。自然に会話している。それがそのまま電波に乗り、聴いてくださっている人のラジオから流れ出ていっている…。相手が目の前にいなくても、不安がる必要はなかった…。やはり大丈夫だったんですね。

不安を取り除けたのは、何よりも番組を進行してくださる人が、上手に話を引き出してくださったことに他なりません。そして私は、そのおかげでリラックスしながら、自分自身のことを伝えられたからでした。リラックスすることが、また少し、上手になれた体験でした。

言いにくい、聞きにくいことのやりとり

相手から何かを強く指摘された時、「言ってくれてありがたい」という気持ちになります。逆に「なんでそんなことを言われなければいけないの？」と疑問をもったり、反発したくなることも時に

あります。私は相手の指摘や意見はよく聞くことにしていますが、あまりに強い調子で言われる時はほどほどに受け流すことも大切だと考えています。それは、強すぎると感じる指摘に自分の気持ちが折れそうにならずしっかりその場に踏みとどまれるように…といった感じでしょうか。それぞれの人が自分の意見をもっていてそれを表現することはよいと思いますが、それを適宜受け流すことも、あとあとまで変に引きずったりしないための一つの工夫だと思うのです。

相手が強い調子で話している時、私は神妙に話を聞いています。そのような場面で、「はい、わかりました」と素直に聞けるということと、相手の主張の言いなりになってしまうのとは違うと思います。力関係があろうとなかろうと、自分が思っていること、感じていることは、それらを意見として出さなくても、まず「相手はこう思っている」と理解することにすれば、心の動揺はいったんおさめられると思うのです。そこで自分の考えをかまえてすぐさま相手に発していくとぶつかってしまうことが多いです。だから、自分自身いまそのように思っている内容がはっきりあれば、それらは体の横に下ろした手に持っていっておくぐらいのイメージでいいのではないでしょうか。もし、相手が語気を荒げてきたら、「危ない危ない、やられてしまう!」とあわてて横に跳んだり、こちらも前に出て勝負しようとすると、かえって相手の気持ちを逆なでしてしまうことになるかも知れません。落ち着いて後ろに下がり、後は静かに立っているだけ…。もちろん、話し合いは続けていくのです。

いつもうまいぐあいに話し合えるかというと、必ずしもそうとは限らないでしょう。こういう時、相手の言うことを全部まともに受けとめない方がよいと考えるようになりました。自分の心を守るために。相手の人が叱ってくれていることを受けとめないとか、その人のことを蔑ろにするつもりはありません。ただ、いったん大きく空中にジャンプする感じ。しばらく滞空して、それから地面に静かに降り立つ感じです。それからもう一度、相手と向き合うのです。

この時も、ただ静かに相手を見据え心を静めて見守るのです。そしてどう動こうとしているのか見守るのです。相手が静かに立っていてくれれば（つまり、私の言うのを待ってくれていれば）、それまで腰のあたりに下ろしていた腕を持ち上げ、手のひらを静かに相手に見せるのです。自分の考えですね。このようなことを何度も経験しているうち、乗り切れることを体験してきました。この感じはもちろん自分の心の中のことだけで、基本的に相手には伝えません。相手との話し合いが終わってからしばらくして、「あの場面は、背中を向けそうになったけど、うまく踏みとどまれたなぁ」などと、思い出してきました。相手との話し合いでバランスが崩れそうに感じた時、自然に浮かんできたんです。それ以後、同じようなイメージが浮かび、そのたびに心が救われる思いをしました。一番大事なのは、適度な距離を保ちつつ、相手の意見を尊重すること。このようなイメージはあくまで自分の気持ちを穏やかに保つための一つの方法だと考えています。

では反対に、自分の方から何かをはっきり主張したい時、私がどんなイメージを役立てているのか思い返してみます。「これを相手に伝えたら、猛反対されそうだなぁ」「何か言われるかも知れないなぁ…」。こういう場面、そう多くあるわけではないですが経験しています。この時のイメージですが、ただ、次のようにするだけです。

まず、心の中で「よし、大丈夫」と思います。もし、まだ心配な気持ちがとれなければ、自分の気持ちを静かに暖める感じです。ちょうどストーブに火を入れる感じです。ヒーターではなくて、昔ながらの石油ストーブのような静かな炎のイメージ。自分の気持ちを静かに奮い立たせるためだけに使います。すこし暖まってきたら、その時すぐに言いたいことを伝える感じです。これを書きながら、いま実際に心のストーブをつけてみました。不思議なことに、私の両手まで暖まってきた感じがします。これは、大事なことを誰かに伝える場面以外に、リラックス法にもなりそうだと思うのですが…。寒い冬の朝などにも役立つかも知れません。暖房器具のスイッチを入れる前に、心のストーブを使うのもよさそうです。

個性と安心感、楽しさ

第I部の5章で、水晶に触れた体験について書きました。なんともいえないような安心感を、私はあの水晶から感じとっていたように思います。それぞれに個性があり、それが一つの石に集まっている…。なぜ水晶の結晶に触れただけで安心できたのか、ここでもう一度考えてみます。

もし、一つひとつの水晶の結晶がすべてまったく同じ形だったら、私は飽きて見るのをやめてしまったでしょう。すぐに手を放していたと思います。もちろん、配置されている場所はそれぞれ違いますが…。「どれも同じような大きさ」という印象をもったとしたら、つまらないのでしょうか。違いがないから、面白くないのでしょうか？　そういうことよりも、おそらくあまりにも統一がとれすぎているから、なんだか画一的だと感じられたことでしょう。なんだか怖い感じ。そう感じたことでしょう。この感覚を音で表現するとしたら、こんなふうになったでしょう。同じ声を何十回も重ねて録音しておき、数十人がいっせいに「はいっ！」と返事をする。もしもこの音を聞いたなら、私にはとても異様で不気味に感じられたことでしょう。なんとなく近寄りがたい気持ちになってしまうことでしょう。

さて、実際の結晶は形も大きさもさまざまです。一つひとつ、時間をかけてじっくり触れていました。その間に、どうして私は〝違っていること〟に安心を感じていたのでしょうか。まったく同じではつまらない、という気持ちがどこかにあるからだと思います。それぞれの結晶に愛着が湧いてくるようでした。なんとなくですが、一つひとつの水晶の結晶が一人ひとりの顔のように、その時の私に見えていたのかも知れません。そしてそれぞれが力強く、生き生きと輝いているように感じられたのだと思います。どれもとても個性的なものに感じられてきたのです。私は「違う〝表情〟を探していきたい」、そんな気持ちが湧き起こっていたのです。

では、それぞれがそれぞれの個性をもっていることがわかり、それに安心している時、なぜその私に「楽しい」という感情が出てきたのか。もう少し考えてみます。それは、特に人の生き方に通じてくると感じていたからかも知れません。みんな同じでなくてよい、無理やり同じように生きていく必要はない、もっと自由でよい。私なりにそのことに気付いて、そして「ああ、それでいいんだ！」と喜んでいたのでしょう。水晶に触れている手の感覚とはまた別の次元で、「ああ、みんな個性をもっていて、それぞれ生き生きしていて、楽しそうだなぁ」と感じていたのだと思います。

さらに深く考えてみます。「安心した」というからには、それまでは心配していたこと、不安な気持ちが私の中にあったのだと思います。身体的な制限をもっていて、それに消極的なところもある私は、他の人たちと同じように過ごせない、楽しめないといった気持ちをもっていたのだと思うのです。でも「こんな私でも生きている価値があるんだ！」と思えたのは、「個性の違い」がはっきり表われているモノに触れ、ほっとしたからだと思うのです。

これまでいろいろな人たちから温かい（時には厳しい）言葉の励ましをいただいてきました。多くの人たちからいただいた言葉はもちろん、この大きな安心感をモノ（水晶）からも伝えられ感じ取ってきていたのです。それらによって、気持ちが落ち込んだ時、心が折れた時に向き合える大きな力になっていたのだと思っています。

「暗い話題」と私

環境問題、世界的な不況、紛争等いろいろな問題が起こるのを、私も日々見聞きしています。私にとっても身近な事柄ですが…。数年前からホームドアが設置されている駅も増えていますが、ホームから転落しケガされたり亡くなられたりする視覚障害者のニュースがありました。また、障害者施設での出来事も、記憶に新しいです。障害者をとわず、弱い立場の人々もより安全に暮らすことのできる世の中…、そして誰もが生きている価値を認められる社会…。その必要性を痛感したものです。ときどき、これらについて自分で調べる時間をつくったりもしています。調べていると「私たちの周囲にはいろいろなことが起こっているのか…」と、思わずつぶやいてしまうことが多いです。

私はこのような暗い話題をどうして調べたくなるのか、考えてみたことがあります。望ましくない出来事や状況を詳しく知ってさらに落ち込みたいからでしょうか…。いいえ。事実として受けとめつつ、その中に生きる力になるヒントがきっと何かしらあるような気がしているのです。不景気や労働問題、紛争や飢餓や貧困。これらすべてをたんに「解決すべき悪いこと」だと考えることはできないのでは…と思っています。これらについて知ること、さらに直面してみることで、気持ちが苦しくなったりつらくなり過ぎてしまうことさえありますが。「職を希望する人の就活が厳しい問題」等も同じです。

私は上に挙げたような事柄をただ悲しくつらい事実とだけとらえたくはないのです。マイナスなもの、どうにもならないものだととらえるよりは、その現実や状況の中に少しでも自分の励みになるもの、希望につながるヒントが隠されているかも知れない、そんな気持ちでネガティブに見える事柄について、私なりにその背景や原因、どのようによりよく向き合えればよいかを学んでいければ、と思っているのです。

横道にそれますが、私自身の過去の体験をお話しします。家で、足の甲をどこかにぶつけ痛めたことがありました。ぶつけた時あまり気にとめないようにしていました。翌日に小学校での講演をひかえてましたし、歩けるし激痛というほどでもなく、何も処置せずその夜は寝ました。翌朝、電車を乗り継ぎ無事に学校に到着しました。講演も無事終え、足を引きずるでもなく自然に歩けていました。ところがその夜、念のため知人に患部を見てもらうと、腫れて少し色が変わっているとのこと…。急に不安になってきたのです。というのは、週末をはさみ、また別の学校での講演予定が入っていたからです。もし骨折していたら…、片手に白杖、もう片方の手には松葉杖を持って行かなければならない…。それが心配で心配で…。昼間は元気に講演し楽しく過ごしていた自分がにわかに骨折を心配し出し、急に力が抜けてぼんやりしてしまうことに…。

実は、同時期、私はアイルランド紛争に関する本を読んでいたのです。力が抜けたまま夕食を終え、気を取り直してその読みかけの本を夜中12時くらいまで読み続けました。翌朝、病院に行き、診察を受けるまでの長い時間、アイルランドのことを考え続けていました。絶えず紛争を経験してきた人々のことを思い描くうちに、平和な日本の病院で、待合室の椅子に座っている自分を、ふとありがたく感じてきたのです。するとその後、気持ちがだんだん落ち着いてきたのです。少し離れたところにあるTVから流れてくる会話も耳に入ってきました。最近塗られたのでしょうか、周囲にかすかにペンキの香りがすることにも注意を向けている私がいました。

少しの気持ちの変化で、人間の感覚の感度は変わるものなんだなぁ…とつくづく思ったものです。診察で骨はひびもないし折れてもいないとわかり、湿布薬だけもらって帰ることができました。身も心も軽くなり、その日の夕食をしっかりとることができ、翌週の講演もつつがなく終えられたことを記憶しています。何か失敗したり、痛い思いをした後に、少し自分をほっとさせてくれるようなことが起きることがけっこうあるものです。おかしな言い方ですが、足の甲をぶつけなければ、あれほど必死にアイルランド紛争の本を読まなかった気もしてきます。少しでも足のことから気持ちをそらせるために…、というところもありましたから。そして、診察の直前には「日本は平和だなぁ」と気付けたり、心に余裕をもつことができたのですから…。

日常の中で平和や安らぎをふと感じることは誰でもあると思います。そんな時、同時に新しいことに気付けたり、気持ちも少し楽になれることがあるのかも知れません。もしかすると、こういったことも視界が開けていくことにつながっているのかも知れません。と言うのは、この足のケガを通じて考えたことからです。私たちは大きな不安にとらわれることも、また深く安心することもあるものです。人はどこまで深く心配したり、反対にほっとしたりするものなのだろうか。私自身、気持ちの波が大きい方だと思ってますが、時にすごく長い間気分が沈み込んでしまうこともあります。社会問題や環境破壊を扱った本を読んだだけで、どうにもならない気分になることさえあります。そんな時は仕方ないので、無理に自分を元気付けようとせず、そんな自分をそのままにしておくことにしています。「どうしよう、どうなるんだろう」と悩むより「ひとまずこのことはいったん忘れて、コーヒーでも飲もう！」と、自分がほっとする方向に気分転換しようとします（実は私には、こういったスイッチの切り替えをうまくできる時とそうはできない時とがあるのですが…）。モヤモヤする気持ちが抜けない時でも（たとえばやかんでお湯を沸かしに台所に歩いていく間は）、気持ちが少し軽くなったりはします。そして、リラックスしてコーヒーを口にしている時、気付くといつの間にか気持ちが少し晴れてきている—。

自分が直面したり、いま知ったばかりの「問題」のネガティブな面にとらわれ、他の側面に目が向かなくなくなることの多い私ですが…。この時点では難しいけれど、将来の私たちはこれらの事柄を解決するなんらかの手段を手にしていると思いたい（すべてに楽観できないとは思いますが）、だから「少しでもよりよい未来を思い描こうとするくらいには、心を元気にしていたいよね」、とよく自分に言い聞かせます。船にたとえれば、押し戻す波は上手にかわしつつ、自分が行きたい目的地に連れていってくれる追い風をできる限りとらえられるように、調整していく――。そんな感じです。

私にとって、この目的地とは、よりよい社会のことです。いまここで、いきなり社会のすべてをベストな状態に変化させることは困難でも、まずは船の舵や帆の向きを調節しにデッキに出てみることです。そして、おあつらえ向きの波や風がやってきたら、それをうまくとらえられるよう調節するのです。「デッキに出る」とは、自分にとってとにかく楽しい未来を考え続けることです。スイッチの切り替えが下手な私は、いつも自分をオンの状態に保てるわけではないです。でも、オンになっている時にリラックスを心がけ、できるだけ舵や帆をベストな方角に向けられるようにしようと思っているのです。

共感と引き込まれること

「足腰が痛い」「手や肩が痛い」などの声を電車やバスの中で聞くことがあります。二、三人でそんなことを話している高齢の人に出会うこともよくあります。私も肩こりの経験がありますしその大変さはわかります。「私はここが痛くて…」と、話し出されると、その会話に加わり「私もときどき肩こりはあります」とお話したりします。それぞれの抱える痛みについて出し合ううちに、その中のお一人が「私たちは年だからねえ…」としんみりおっしゃいました。これも、わかります。高齢の人が手や腕や腰など身体の不調を感じられるのはよくあることです。でも私としては「ああ、そうですね。でも仕方ないことですよ」とは、言えません。そのとき私は心の中でつぶやきます。「確かに年齢の影響は大きいかも知れないけど、もう少し年齢が上の人で元気に歩いている人もいたしなぁ」。もちろん、面と向かってお伝えするのは気がひけます。「そうなのかも知れないけど、現に私は今こういう痛みがあって大変なんだから…」と言い返されてしまったらどうしよう…。

元気にすたすた歩いていた人のことを思い出して、ここでどうお伝えすべきか…。元気である人を引き合いに出して目の前の人を気の毒に思うのか…。いいえ、やっぱりいたわりながら、目の前の人を少しでも力づけられるようなもう一言をかけられたら…。そう思い直し「少しでも楽になるとよいですね…」と言葉をかけることができました。別の場所で同じような会話をかわした時、「知り合いなんですが、いつも元気に歩いてて、自転車に乗っている人、何人かいらっしゃいますよ」と、お伝えできたこともありました。私の言葉を受けて自然に「じゃあ、その人、心が若いんだ！」「負けていられないですね…」と、そんな言葉をいただけたこともありました。

もし私が目の前の人の訴えにつられて「そうですよね、大変ですよね」と言っていたら、また別の言葉が返ってきたかも知れません。それに私が「大変ですよね」と言うことで、ご本人は「この痛みはこれからもどうにもならないものなんだ」と感じてしまうかもしれない。共感しようとするあまり、かえって相手の気持ちを暗くしてしまうかも知れないのです。共感は相手の気持ちになって考えることでとても大切なことは知っています。でも、そのことと相手の話に引き込まれてしまうことは、少し違うように思えます。だから、相手の話に耳を傾けながらも、そちらに引き込まれてしまわないように心がけるのです。そのようにしたいのは、本人は本当はどう感じたいのかを確かめたいし、私としてもそれを「仕方ないこと」ととらえたくないからでした。なんとか明るい方向にやりとりができれば…と思うのです。

では、引き込まれないで、それでいて共感もきちんと示すことはできるでしょうか。相手の立場を十分に認め「今も痛いですか?」と、寄り添う。でも、その人の気持ちになろうとしたり同情しすぎたりなど、「寄りかかる」ことはしない。そして、自分が思っていることをただ伝えるだけ。このとき私なりに、お気持ちを受けとめつつ自分の考えをお伝えできたのは幸いだったと思います。共感するということに、私なりに気付くきっかけになったからです。そして、自分の思いすなわち「元気な人もいる」ことを伝える勇気も、そのとき一緒にもらえたように思っています。

正直に自分の意見を言ったからといって、必ず相手にうまく伝わるか不安なこともあります。だから、まずは相手へのいたわりの気持ちを忘れないようにしたいと思っています。いたわるというのは、相手の気持ちを和らげることではないでしょうか。本人以外は誰もその痛みや大変さを手にとるようにリアルに感じることはできません。でも、そのまま何も言わないのでは、私自身が苦しくなるようです。せめて、「少しでも楽になるとよい」ということしか言えません。私は、共感することを深めていきたいと思っていますし、まだまだ自分を磨いていかなければならないと思う毎日です。

自分を奮い立たせる

毎日私なりに明るく生きているつもりでも、時には自信をなくすことがあります。こんな時、なんとか楽になりたいと考えているうちに、どうやらイメージを使うとうまくいくことがある。私にとって小さな発見でした。

落ち込むパターンの始まりは、何かヘマをしたな、と感じた時です。どうしてこんなことをしたのかと後悔し、そんなことをした自分が悪いように思えて、力が入らなくなります。いつまでもそのことばかり考えて、動けません。しばらくは何もする気が起きない感じです。「気を付けよう」と決心しても、まだ力が入りません。こういう時は、無理にでも動いた方がよいかも知れない。そう思って、たとえば床掃除を始めても、「うーん…」とその場にへたりこんでしまうこともありました。なさけないですね。さらに、気が重くなっただけでした。

ヘマをしたことをいつまでも引きずらず、他の物事に気持ちを向けていると、自然に力が戻ってきます。それは、たとえば数日前にかいだ花の香りだったり、道案内してくださった見知らぬ方との楽しい会話内容だったり。一瞬それらの楽しいことを思い出すと、ふっと息がつけるようになっています。ここで、楽しいことをしていた時点の私がいて、そしてヘマした直後の今の私がいる。あんなに楽しんでいた、人とうまくやっていた自分が、どうしてあんなヘマをしたのか—。そう考えると、せっかく気持ちを切り替えようとしていたのに、また逆戻りしたかのように、どんよりした気分になります。反対に、今はうまくいかないけれど、少し経ったら、元気に人と話しているかも知れない。自信を取り戻して、すたすた歩けているかも知れない。

ヘマをした自分と、会話を楽しんでいた自分と、どちらが良いか悪いか、勝手に秤にかけていたようです。「良い」自分は軽くて、「悪い」自分は重たい。重たい方の自分が乗ったお皿が、これ以上ないほど沈んでいました。その自分を、いくら持ち上げて、釣り合いをとろうとしてもできなかったのはなぜでしょう。何か、ずっしりと重いものを手にして、秤のお皿に座っていたような…。

もしかしたらそれは、こんな自分は楽しんではいけない、足をひきずってとぼとぼと歩いていなければならないという思いだったのかも知れません。軽くするには、「こんな自分は…」という重たいものを、ただ手から放せばよいだけ。天秤の反対側に座っている自分は、楽しんでいた時のまま笑顔でいます。手には何も持っていません。そちらをぼんやり眺めているうちに、自然とその重荷を足元の地面に下ろすことは、そんなに難しくないかも知れません。

そしてもちろん、ヘマは繰り返さないと決めているから、そのことはもう気にしない。頭の切り替えがやっとできました。落ち込んだ体験を通じて、抱えているものを手から放せば楽になる。悩みながらも、そのことをじっくり考えることができました。

また一つ気付けたと思うのは、「落ち込む」という言葉自体の意味です。重たいから沈み込んでガクンと落ち込む、そこからきているのかも知れません。どの時代に、誰がこの言葉を作ったのか、私には知り得ません。片足が地面のくぼみにはまって抜けなくなるのと同じで、後悔した時に、自分の心が浅い窪地にはまりこんでしまう。同じなんだと気付いたのかも知れません。だったら、ただ引き上げればいいだけ。いったん悪い方に考え出すと気持ちはなかなか上向いてくれそうにない、と感じる時。意外だったのは、軽くして、みぞからスポンと抜けるようにすればいいんですね。もちろん、一人で抜くのが難しければ、誰かに打ち明けるだけで、二人分の力でもっと簡単にできるかも知れません。

7章

さらに、自分の気持ちを見つめる

私はどうして「さびしい感じ…」になる？

人と話をして楽しい時間を過ごしても、その人と別れて一人になった時、なんともいえないさびしい気持ちになることがあります。その人と会ってやりとりし用事が終わってしまった時、それで関係が切れてしまうのではないだろうか…、そんな不安な感覚に陥ることがときどきあるのです。社会の人どうしのつながり（距離感というのでしょうか）が、以前より離れていっているような気のすることがあります。表面的に冷たいとかよそよそしいとか、そのような感じということではなく。私のこの気持ちはなんなのでしょうか？

深く考えてみることにします。身近なところで思い起こすと、現在の社会ではなんにしても、とにかく変化が激しいと感じます。たとえば、新しいお店ができてもしばらくして、もう別のお店に替わっている…。親しくなったと思ったその人は、しばらくするとよそに引っ越しすぐにもう新しい人と挨拶をかわしている…。同じ人が長く住んでいたり、なじみのお店がずっとそこにあるという（私として願っている）、かつての風景が変化してきているように感じるのです。そのような人、モノの出入りの変化のペースに伴って、隣りや端向かいに住んでいる人との絆というか結びつきも弱くなってきているように感じられるのです。私は常に「この人はいつ別の場所に越していってしまうのだろう?」といった漠然とした意識をもつようになっている気がしています。「だったら、今、その人と一緒にいられる時間を大切にすればよい。それで話はおしまい…」というだけで済まない、何かがあるように思えるのです。

人やお店の入れ替わりが激しくなってきていることは、一人ひとりの「腰が軽くなってきた」とも言えるのではないでしょうか。転職する人が増えているのも、同じ理由からかも知れません。よりよい条件の仕事が見つかれば、さっさとそちらに換える。その方が生活もより安定するだろうし、大切なこととは思います。もう終身雇用や年功序列の時代ではないのです。できれば自分にとって有利な条件の職種に就けた方がよいし、同じ場所で長く働いたり年齢を重ねて給料が上がるのを待ち続ける必要はないのですから。

ところで、私もスマートフォンを使っています。ときどき何か機能を追加したくて検索しますと、用途の似たスマホ専用アプリがたくさん見つかります。より使いやすいものがあれば、他のアプリはすぐ削除します。自分にとって一番しっくりくるアプリが一つあればよいのですから…。速い社会変化について考えているうちに、前作『視界良好』で、社会は「ゆっくり進む方が好きだ…」と書いていたことを思い出しました。その気持ちは今も同じなのですが、別の方向でも考えている自分に気付かされます。社会全体がせかせかしている気がします。私のアプリ取り替えにしても、ものの30分もかかりません。同じようなアプリを2、3個使っている時、気に入ってはいるがどうしても使いにくい時があります。申しわけないのですが、そのアプリは削除します。

お店にしても、好きだなぁと思って何度も訪れていたら、ある日突然「今月末で閉店することになりまして…」と言われます。それを聞いて「そうなんですか…。今まで本当にお世話になりました」と挨拶します。その時、気持ちは沈んでしまいます。もちろん閉店する日はすでに決まっているでしょう。ですから、「閉店なんてしないでください、せめて来月末まで待ってください」とわがままを言うわけにはいきません。それでも「え？　こんなに速く閉めるのか…」と心では思います。もう少しのじっくりゆっくりがたまにはあってもよいと感じてしまうのです…。もう少しこのお店の雰囲気を味わっておきたい…。そういう気持ちが、めまぐるしい変化の中で、なんだか意味のないものに感じられることもあります。このような速い流れはこれからも続くでしょう。文句を言いたいのでもないし、自分だけ置いていかれたような気分になっているわけでもありません。それでもやはり、なんとなくさびしくなる気持ちは強いのです。

私たちはどうして「急いで」、よりよい生活やより便利なものを求めているのでしょうか。速く生活を安定させなければならないほど世の中に不安を感じているからでしょうか。在庫がなくなるから、さらに新しいものが市場に出回る前にこれだけは手に入れたいから、便利なものをすぐに見つけて使い始めるのでしょうか。

スマホで専用アプリのページを開きます。ジャンル毎にまとめられた最新アプリの一覧が出てきます。そして、独自の視点で選ばれたお勧めのアプリやランキングの情報も知ることができます。さらに、それぞれのアプリのページを見ると、使っている人たちからの感想や要望が載っています。「アプリを更新したらスマホ本体の動作が重くなったように感じる」「勝手に再起動した」など、トラブルの対処に困っているというレビューも見られます。多くの人が使っているアプリは、便利なこともちろんでしょうが、デザイン（レイアウト）が斬新だったり、掲示板やメーリングリスト、ブログなどで紹介されたりすることで、使用者が増えていったものもあるそうです。その開発には新しい発想や、多くの人を引き付けるための工夫がみられるからだと思います。アプリを開発している人たちは、アイディアを巡らし独自の機能を考えながら完成させたことと思います。そして、不便だという意見に対し返事を書き、その改善作業をして更新しているのでしょう。大きく見ると、入口では次々と開発されているアプリの話題があり、中に入っていくと、それぞれのアプリに対する要望がありま す。入口は人々の目につきやすいところです。そこで常に新しいものの紹介がなされていると、自然に「今度は何が出るのだろう」と自然に注意が引き付けられます。同時に「最近出たアプリの中でお気に入りのものを手に入れておこう」という意識が生み出されているのではないでしょうか。

私は、新しい物事に目を向けることには、気持ちをわくわくさせるという部分とせかせる部分の両方があるように思います。どちらが良い、悪いということではないのですが…。入口ですぐにアプリを含めいろいろな製品や商品についての感想が見られるようになっていたら、どう感じるでしょう。そして、奥の方で、新しく開発されているものの情報を見ることができるとしたら、どんな気持ちになるでしょうか。真っ先に飛びこんでくるのは評価や感想です。それは新しさよりも、個々の特徴や使い心地などを知る機会になります。新しいから買おう、手に入れようとする意識よりは、まず機能面で自分に合っているかということに注意が向くようになると思うのです。そうしたら、人々の気持ちに余裕が生まれてくるのではないでしょうか。

使っているうちに使いやすいところ、そうでないところが見えてくるのは当然だと思います。その時に「この部分は好きだなあ」と気付ける何かがあるとよいですね。もし自分が同じようなものを作ったり改良するとして、どのようにしたいかを考える時間もとれるかも知れません。そして、他の人にとって使いやすいものになるにはどうすればよいか、自分なりのアイディアが出てくるかも知れません。どんな小さなアイディアでも少しずつもっていると、思わぬところで役に立つことが出てくるものだと思うのです。

さびしい感じ、新しい「楽しい」感じ…

さて、私がなんとなく「さびしい…」と感じていることについて、前項に続け、もう少し掘り下げたいと思います。会いたい人にはその人のいる場所に行って会えるのですが、それ以外では出会う機会がとても少ないということがあります。私の経験ですが、手話サークルなどに行くと、そこにろう者も参加されていて、覚えた手話でいつでも話しかけ交流することができます。一方、そんな場所でない街中でろう者にお会いできたことはこれまで2回しかありません。それもろう者の方が私を見つけてくださり、私の手をとってご自分の両耳にあてがったので、そうだとわかりました。街の中で手話でお話しできた、私自身の貴重な体験でした。

近所の人や友人との交流を楽しんだ後は、お互い別れていきます。あたりまえですが。仕事、趣味などで人が集まり、時間がくればそれぞれの住む場所に帰っていくのです。それぞれが帰る方向に向かって数人で歩き出し、あるいは一人で電車や自動車に乗ります。そして、独りで電車に揺られながら音楽を楽しんだり、数人で喫茶店におしゃべりしに車で立ち寄ったり、徒歩で家に帰ったり、思い思いにそれぞれの時間を過ごすのでしょう。人と会っている時間を楽しみ、一人になれば一人の時間を楽しめばよいわけです。私もそうしているのに、なぜかむなしいような感覚にとらわれることもあります。

それはどうしてなのでしょう。楽しみ方にもいろいろあって、私の場合は、音楽を聴くことや読書をする時それに集中できるよう、気持ちを落ち着けてするようにしています。また、多くの子どもたちの楽しみ方についてもとても素敵に思っています。電車に乗っている時、一人の小さな子が、遠くに飛んでいる飛行機を見つけたらしく「あ、飛行機が見える！」と、大きい声で嬉しそうに言います。めずらしいもの、自分が好きなものに出会った時の、はじけるような喜び。同じ車両でその声を聞いた私は「なんだか楽しそうだなぁ」と思うのです。もちろん、このような体験は私たち大人でも味わうものです。

ふだんの生活の中にある、きらりと光るような感動を探してみるのもよいかも知れません。中学か高校の女子が二人連れで楽しそうに話しながら私のすぐ横を通り過ぎていきます。その楽しそうな雰囲気に、こちらもなんだか微笑みが浮んでくるものです。別の日にも、買い物に向かう道で小学生ぐらいの子どもたちがわいわい言いながら、自転車で走り抜けていくのが聞こえます。楽しそうなその声。私もなんだか元気をもらいます。夜に電車を降り立つと同時に漂ってくるラーメンの香り。それにつられて、おなかが小さく鳴る。こういった何気ない体験の中には、誰でもがなんとなく心なごませられたり気持ちをひきたててくれるもので溢れていたんですね…。

つなぎ合わせて考えてみます。人と会っている間。一人であるいは数人で楽しむひと時。漂ってくる料理の香りを一人楽しむ一瞬、私たちのまわりには気持ちを明るくしてくれるものが意外に多いのです。少し注意してみると、私のもつ空虚な気持ちもまぎらわされる瞬間が一日のうちでもけっこうたくさんやってくることに気付けました。それからというもの、私はいろいろな感覚を一緒に楽しむことを始めました。細かい話ですが、食事の時、料理を口に運ぶ前に手で触れてみます。煮物なら、まず大根を先に食べるか、それとも鶏肉から食べ始めるか決められます。そばにいる人にあらかじめ料理名を聞いて味をイメージできても、実際に手で「お皿を眺める」と、新鮮な感じがして楽しいのです。これまでは箸でつまんだものをそのまま口に運んでいました。もちろんそれでもおいしく食べられますが、手で「眺める」ことで、味覚がより活性化する気がします。これまで箸でとりやすいよう手で押さえる以外、お皿に入った料理に触れるのに抵抗があったのですが…。こんなささやかな楽しみを知ったことから、それまでの抵抗もなくなってきました。

味覚の活性化に触れましたが、一つの感覚は他の感覚を鋭くさせるのかも知れないと、ふと思いました。私は、インドやネパール料理のお店に入り、カレーと一緒にナン（薄いパン）をセットで注文することが多いです。薄く伸ばした生地を窯の側面に張り付ける時の、ペタンペタンという音を聞いていると気がはやってきます。そして、なぜか自分もパン作りに「参加」しているような感覚になってくるのです。2人で実際ペタンペタンしているわけではないのに、私にはなんだかそのような音に聞こえるような…。心の中ではじっとテーブルに座ってるのでなく窯のところで一緒に調理に加わっているのでしょう。そして今度は、私の掌より大きくてアツアツのナンが1枚、お皿に乗っているイメージが鮮やかに浮かんでくるのです。そうかと思うと、聞こえてくるBGMから、あたかもインドやネパールの広場で同じ音楽を生演奏で聴いている自分を浮かべていたり。落ち着きがないんですねえ…。空想でしょっちゅうあちこち飛びまわっているのですから。

実際にはお店のテーブルについていることを意識しながら、私は自分に問いかけてみることがあります。これほどにいろいろイメージして、私はいったい何をしたいのだろう。心の中だけで想像を膨らませるのはいいとして、実際に今いる場所（レストランの中）で楽しめることをもう少し見つけた方がよいのではないだろうか…。目の前で料理を作ってくださっている人や他のお客さんと会話することもできるし、そういうことも好きなのです。お店の内装（室内の壁）にどんな写真や絵が飾られているのか尋ねることもあるし、絵や写真の風景を聞いてイメージで楽しみながら、同時に会話も楽しんでもみます。この場を楽しんでいるのだからそれで十分だよね、と思いつつ、またまた心は、心の中の「旅」を始めます。眼の前の人との会話と、心の中の旅行を交互に楽しんでいる自分がいます。

そうしてそのうちに料理が運ばれてきます…。私が感じていたさびしさは、その時どこ

避暑地のホテルのレストランで祖母と…

にもないことに気付きます。こんなにいろいろなことを同時に、自分なりに楽しんでいたのだから。ナンを焼く前の準備の音、ＢＧＭを聴いての「旅行」。その間に、一緒にいる人たちとのコミュニケーション。いろいろな感覚を活用しながら、フルにエンジョイしていたのです。イメージ（心の中での旅行）とおしゃべり（実際の会話）のおかげで、それぞれの感覚を活性化させていたからかも知れません。一つの感覚が刺激するのは、視覚や触覚や味覚だけではないのかも知れません。そして、子どもたちの元気な声で私も力が湧いてきたように、五感や第六感以外にも、もっと深い精妙な感覚をもっているのでは…と思えるのです。誰かが楽しそうにしている時、それにつられて大きな微笑みがこぼれるのは、そのためかも知れません。

誰でも笑顔になれない時はあります。でも、私たちの中に、人と共感するのとは少し異なった別のアンテナも持っていそうに思えるのです。小さな子どもが「あ、飛行機だ！」と思わず声に出す時、他の大人もこのアンテナを立てているかも知れません。私もできるだけ前向きに生きながら、少なくとも三本くらいこの「心のアンテナ」を立てていたいと思っています。一人ひとりが持っているアンテナは、特徴も違うし向いている方向も違うことでしょう。五感を含め感覚どうしが活性化したり、何気ないものや人の様子に心がなごんだり――。日々感じることが、このアンテナの感度を自然に上げることにつながっていくのだと思っています。

ごく最近でも、ふとさびしさを感じることはあります。でも、それとは違う新しい感覚が芽生えつつあることを以前よりはたくさん感じるようになりました。それは、私たちのまわりにある、ささやかな楽しみや喜びにもっともっと気付いていくこと。そして自分も、より楽しく生きようとする気持ちです。

「違い」を見て感じて幸せに触れる

毎日毎日、同じような日々を過ごしていると感じることがあります。同じ通学路、同じ通勤経路、同じ人々…。でも、そんな日々の中にも何かいつもと違うものがあるかも知れない。そう考えながら過ごしていると、なんとなく気分が変わってくる。そんな体験をしました。

その日はある学校で授業のアシスタントがありました。家を出る前、なぜかあまり食べる気が起きず、軽い朝食をとっただけでした。電車を乗り継いで行かなければなりません。ちょうどラッシュの時間帯で、私が乗った電車は動けないほどたくさんの人で溢れていました。なんとか吊革につかまれたものの、いつにもまして混雑した車内の様子に、だんだん気分が悪くなってしまいました。足を少しでも動かせば、他の人の膝や鞄にぶつかってしまいます。肘を曲げようとしても、隣りの人の体に密着するほどの距離です。そんな状態で、ただじっと立っていました。私以外の人たちも同じだったと思います。いつもは音楽を聴いている人もいますが、その日は静まり返っていました。身動きがほとんどとれず、ただじっと耐えている様子。そんな時、めまいがしてきて、立っているのもつらくなりました。座る場所もないし、その場にしゃがむスペースすらありません。近くにいて様子を見ていたのでしょう、どなたかが私の吊革につかまっていない方の手を上手にとって、すぐ横にある手すりに触れさせてくださったのです。首を傾けるようにして、軽く頭を下げました。
その手すりに頭をもたせかけるようにしていると、だいぶ気分が落ち着いてきました。顔色も戻ってきたようです。無理な体勢で立っていただけに、気持ちがほっとしたのかも知れません。考えたら、その方も、混雑した車内で手を動かすだけでもたいへんだったと思われるのに…。ありがたいことだなぁと、あらためて心で感謝していました。

こういった何気ないことで、いつもと違うものを感じることができました。静かに、そばにある手すりへ私の手を誘導してくださった方の温かな気持ちが、今も忘れられません。もしあのまま吊革につかまっていたら、電車を降りた時の、あれほどさわやかな生き返った感覚は得られなかったと思います。心地よさよりも車内での疲れのことばかり思い出していたと思います。小さな優しさをもらっただけでこれほど心が明るくなれた出来事でした。同じ日はないのだから、こういう「ささやかな、心温まる体験」をすることで、毎日が同じことの繰り返しだとしても、心がリフレッシュできる瞬間があると思います。気持ちが軽くなったり、楽しい気持ちに変わったり。そうして眼の前にいる人や、眺める風景などの印象も違って感じられるのではないでしょうか。同じ人と会っていて、その人の異なった側面が見えてくることがあります。ただ気のせいだけでなく、こちらが明るい気持ちで話しかけたり、笑顔で歩いているだけで、なんとなく相手との関係ももっと和らいだりほぐれたりしていくのではないでしょうか。そうやって「気持ちの変化による違い」を感じたいものです。

ほんの小さなことで、毎日の生活の中で、いつもとは違う、気持ちをほがらかにしてくれるような〝何か〟を探していたら、面白いことを発見しました。連鎖反応ではないのですが、何か一つ心がほっとすることが起きると、しばらくしてまた別の嬉しい出来事が起きたりすることです。

たとえば、買い物に行った個人商店で、おまけでティッシュペーパーを一箱いただいた。同じ日に信号待ちをしていたら、見知らぬ人に青に変わったことを伝えていただいた。こういうことは誰でもあると思います。ただラッキーが重なっただけでしょう。それでも、嬉しいものです。もちろん、ラッキーが重なって起こらない日でも、何か新しい新鮮な変化はあると思います。「小さな幸せ」といってもよいかも知れません。私はだんだんそれを見つけるのが楽しみになりつつあります。「これから外に出たら、どんな『小さなしあわせ』が待っているんだろう」、なんとなくそんな気持ちで外出すると、どなたかの温かな心に毎日触れていたことにも気付きつつあります。

最近体験した私なりの小さな幸せは…。商品券がもらえるある抽選を受けた時です。10枚程度抽選券に書かれた番号を確認していただいたところ、下2桁が5番違い、3番違い、2番違い…と、おしいナンバーばかりでした。当選番号の下2桁に近い番号を、3つも引き当てたのです。これは、本当の当たりをひく可能性に近づいている印…なのかもしれない。はずれは残念だったけれど、的外れでもなさそうだったので、見てくださった人にさわやかな気分でお礼を言って、家路についた夜でした。

夢は何層にも重ねて

大きな夢がある時は、本当にそれが実現するのか心配になります。第Ⅰ部末のコラムで述べたように、「見えるようになりたい」と思い、見えるようになった後のことを書いてみたいと思います。突然思いついたとはいえ、「いつかそうなるのかなぁ…」といった漠然たる夢ではなく、かなり強い思いなのです。といっても、すぐに何かできるとは思えません。視力を得られたとしてその時から、あたりまえにできていることはないか考えてみて、その時のために実際に行動してみました。

実は、私がやったことは、他の用事も済ませつつ、4軒のお店に行っただけ。自転車と色鉛筆、そしてデジタルビデオカメラと鞄を見るために。白杖を手にした人が入店するのを見て、店員さんはさぞびっくりなさったでしょう。「いったい自転車を買ってどうするんだろう…」。戸惑われたことと思います。そこで私は、「友人にプレゼントすることも考えているので、見せてください」とお願いしました。将来、自分のために買うことを考えながら、何台も吟味しました。用途は、山に上ること。だから、マウンテンバイクを中心に見て廻りました。

文房具店では、「どんな色の組み合わせがあるか見せていただけますか?」とお願いしました。24本セットのものを探しました。どんな色を使って絵を描くかはこれからのお楽しみ。実際に描いているところを思い浮かべながら、お店を後にしました。

そしてまた別の日に、家電量販店でビデオカメラを手にとって見せていただきました。この時は、「何時間録画できますか?」など質問しました。おそらくここでも、対応してくださった専門スタッフの方は、内心意外に思われていたかも知れません…。

マウンテンバイクを購入するとなれば、それは大きな買い物になります。ビデオカメラだって、買うからには長く使えて、より鮮明に録画できて…など好みにあった1台を手にしたい。色鉛筆も24色セットで買うとなれば、けっして安くはありません。今いきなり買ってしまうのは、さすがに早すぎる気がします。

もう少し身近なことで、今できる行動はないだろうか…。飲食店を探しておくのはどうだろう。そう思い立ちました。体の状態が変わった日の夜、きっと普段食べないものを、喜びとともに味わうことでしょう。その時に行くお店を、今から考えておこうということです。そして、マウンテンバイクで山道を走るなら、水筒は必須です。今持っている中で一番お気に入りの一本を「これを携帯使用」ととっておいて、マウンテンバイクを買った後に新しい鞄に入れよう。そのために、今度は旅行鞄を見にいこう…。4軒目として鞄屋さんにも足を運びました。

これは今から2、3年前に実際に私がしたことです。目が見えるようになったお祝いをするお店はその時は決められませんでした。最初寿司屋さんを考えたのですが、やはりみんなとにぎやかに行くのがよいと考え直しました。大きな夢をかなえた日の夜、どこで何を食べるか、ゆっくり相談すればよいわけです。そのとき気付いたのですが、自分の中で大きいこと、小さいことを交互に考えておくと、その大きな夢がより近くなったように感じられるということ。水筒を鞄に入れる、お祝いの食事をする…。その日のうちに実現する簡単な事柄を織り込むことで、安心感が生まれます。

大きな目標を掲げてそれだけを考えていても、「いきなり実現しそうにないなあ…」と思ってしまいます。小さな予定を一緒にしておくと、「自転車買ったら山道で鞄から水筒を出して、きれいな景色を眺めながら一休みする」というように、夢がまた少し膨らんできて、気持ちがさらに定まってくるようです。まるで、大小いくつかの事柄を層にして重ねて、一つのセットにするような感じです。よい方法を見つけたものだと思っています。まだまだ大きな夢の実現までに、この層を厚くしていかなければ…、と思っています。この作業はこれからも楽しみに続けていきます。

時に、層が重なり過ぎ、間に何をはさんだのかわからなくなることもあります。買い物に行った時、うっかり買い忘れをしました。お店を何軒もめぐるうちに、わからなくなりました。夜食べる分、翌朝の分ときちんと分けないといけなかったのに、しなかったのです。何を買わなければならないか、お店毎に分けて考えているうちに忘れてしまいました。家に帰って気付き、もう一度出かけるはめに。お店ごとの層に重ねておくより、夜と朝に何を食べるかセットにして覚えておいた方がよかったのかも…(人によって違うかも知れませんが)。

頭の中で整理する時、箇条書きのように覚えるのが私は苦手です。「これとあれとそれと…」と一緒にしてしまうのです。一度層の間に隙間を作って、くっついているものを剥がして、別の層の間に入れていると混乱してしまいます。大きな夢や目標の時にはとても役立っていた方法ですが、お店を数軒めぐる買い物には不向きのようでした。シンプルに言葉で「夕飯のおかず用に鶏肉を買う」「明日の朝食にはパンと卵を買い足して、後は洗濯用の洗剤」と覚えとけばいいのですね。こういうことって、読者のみなさんはきっと私よりもっと賢くやっていらっしゃるでしょう。いろいろ教えていただける機会があればいいなぁ、と思っています。

8章 自分の可能性を探る

まずはとことん成りきることから…

人が他の動物や植物に姿を変えることは、アニメや本の物語で見聞きしてきました。家族や友人から、変身するとは何かを教えてもらったことが最初でしたが。そこであまり興味を持たなかったら、その後あちこちでこの話題に出会っても、「ふーん…」で済ませていたと思います。別に今すぐ自分が何かに化けられるわけでもなし、その後のことまでイメージも続きそうにないし…。

7歳頃のこと。呉承恩の『西遊記』の物語と出会いました。原作は長編ですが、子ども向けに短くまとめられたものを読み聞かせてもらったのでした。地上の妖怪も、天上世界の神様たちも、菩薩も、そしてモノさえ形を変えます。自由な世界。その中で、大きな戦いや、さまざまな試練が起きます。すれ違いやわかり合いなど、心の変化も織り込まれています。生きる目的や、死んだ後のことまで深く考えさせられました。今でも変身といえば、まっ先に『西遊記』を浮かべてしまうくらいです。

当時、自分がそんな世界に住んでいたなら、どんなものに姿を変えようかと考えました。まずは犬になろうと決め、夜眠る前にさっそく試みていました。髪の毛がなくなり、体中に毛皮が生えます。4本足。これもうまくいきました。顔は正面を向いて、鼻が長く伸び、両耳は垂れています。これも問題なさそうです。土の地面の上に立って歩こうとしています。どこかの家の庭でしょうか。あと何か足りません。尻尾が出てきません。お尻のあたりに、何か生え始めています。でも、重たい感じはありません。尻尾自体に骨があるし毛もありますから、軽いわけないのです…。骨もないようななんともいえない中途半端な「尻尾」が生えかかったところで、それ以上のイメージはできませんでした。何度も試した覚えがありますが、そのつどどうしても尻尾を生やすところまではいけませんでした。犬には実際何度も触れてたし、思い描きはできるのに、どうしても尻尾だけ、できないのです。そして、中途半端に変身した犬としての私は、土の地面に立ったまま歩き出すことができないのです。尻尾がちゃんと生えていない状態なので、バランスがとれないからでしょうか。何度も「変身の練習」をするうちにやっと、顔を少しだけ動かして周囲を回せるようにはなりました。でもこのイメージはほんの数秒でスーッと消えてしまうのでした。

原稿を書きながら、大人になった私がリベンジです。太い尻尾が、自然に「生えて」きました。庭を出てアスファルトの地面を、てくてく早足で歩いていきます。遠くから落ち葉の香りが漂ってきます。いつも自分の飼い主と散歩する道すがら、木々の下に落ち葉がたくさん積もっている林で遊ぶのが好きなのです（ということは、今は紅葉も終わって、冬に差し掛かるある日の夕方なんですね）。

『西遊記』を知った直後と、大人になった今とでどうしてイメージに違いが出たのでしょう。この年齢になるまで、さらにたくさんの犬と触れ合ってきたので、より鮮明な姿を思い浮かべられるようになったこともあるでしょう。でも最も大きな違いは、イメージする場合のその「目的」にあると考えます。尻尾がなかなか生やせなかったのは、子どもの私が「ただ犬の姿になりたい」とだけ決めていたから。尻尾は人間になく、犬には生えている。だから、一生懸命イメージしようとしていました。どこかで無理をしていたかも知れません。

今回、完全な姿に変わり、しかも落ち葉の林に向かって、道路沿いを歩んで行けたのは、「その林で遊ぶ犬（私）」になりたいと思ったから。1匹の犬になっていて、いま目的地に向かって歩いていることが大事です。ですから、初めから尻尾のリアルな感覚もありました。

ではもう一つ。セミに変身してみます。小さな頃の私は、両手足から6本足にうまく変化できませんでした。特に、真ん中の1対の脚です。まず両手と両足を地面につきます。そして、左右の手の親指をいっぱいに伸ばします。そこがだんだんとふくらんで…。1対の脚に変わりません。何度やっても同じでした。そういえば、背中には羽がきれいに重なっています。でも、眼は人間の時のままで2つ。これも違っていましたね。もう少し成長しないとわからないことだったのですが…。今は、少し時間はかかりますが、左右3対ずつの足も、きれいにそろった虫になれました。コツは、両手足を足に変えます。前2本、後ろ2本の足になりました。そして、両手の肘を真ん中の2本の足に変えるだけ。変身が完了したらすぐに空へと飛び上がります。もう成虫になっているので、子孫を残さなければなりません。まずは一番近くにある木に、樹液を吸いにまっすぐ飛んでいくところです…。蝉の場合も、比べてみると、現在の方が「それらしく」なっています。理由は、先ほどの犬の場合と同じかと思います。イメージに自信がついているから、きれいに変身でき、すぐに飛び始めることができたのだと思います。

変身するからには、とことんそれに成り切るということでしょう。ただ形だけ犬やセミになってもそんなに意味がないし、せっかく姿を変えたことがもったいないような…。動きがあり、目的をもった「生きた」変身をしたいものです。

「あとよろしく…」から「このあと、どうする?」

犬とセミの例だけでしたが、イメージも「成長」させてきたのですね。私自身の成長とともに、最初はただ「そのものになりたい」だったのが、「そうなったら何をしているだろう」へと、意識が変化してきたのだと思います。現実でも、これは大きなテーマで、しかも難しい課題かも知れません。大人になったら何になりたいかと尋ねられ、私は「運転手」「八百屋さん」など、思いつく職業を挙げていたものです。「どんな八百屋さんになりたいか」と訊かれて、そこでつまっていたように思います。

駅前に小さなお店を構え、私は店員で、店長は誰々で…と、想像は膨らみます。では、八百屋さんになった私はこの後、どうするのでしょう…。たとえば、こう答えると思います。

「そのまま駅前の小さな八百屋さんをやり続けて、副店長として働き、定年後は山間の村に越して、農業をします」

「転職も考えています。50代でお店をやめ、その後はタクシーの運転手として働きます」

そのまま続けるか、業種を替えるのかぐらいは、考えられるでしょう。とにかく、細かいプランを考えていくと、どんどん広がります。結婚、収入、いろいろなことが加えられそうです。現実では、職業だけではなくどんなことにも「ただなる」だけではなく、「そうしたあと、どうするか」までを考える必要があるでしょう。運転手になるのも八百屋になるのも人生の中で可能でしょうし、二つの職業をどちらも経験することもできるでしょうし、どちらの仕事に先に就くかも考えられます。

でもここで、考えたいと思うのです。私も含めて、小さな子どもたちは（子どもだった頃の私たちは）なりたいと思ったものを、どうしてこんなにも無邪気に、楽しそうに話すのでしょう。何か惹かれるものがあるのでしょうし、純粋にその仕事を好きだからだと思います。もしかすると、子どもには大人が考えるよりもっと違ったプランがあるのかも知れません。それは、現実とかけ離れたものではなくて、むしろ、とても現実的なものなのかも知れません。たとえば…。

ずっと仲の良い友だちどうし。一人はバスの、一人はトラックの運転手になりたい。二人ともそれぞれ、別々の会社に勤めたい。なぜなら、将来はそれぞれ社長になり、たくさんの人を乗せたいし、多くの荷物を全国に届けたいから。

ある日高速道路で大型観光バスと大型トラックが出くわします。運転しているのは、成長した友人どうし。顔を見合わせて驚き、そしてぺこりとおじぎをし合い、別々の方向に走り去ります。ジャンクションで出会ったんですね（ここで、あまりのうれしい再会に思わず窓から手を振り合うかも知れませんが）…。

小さな頃からお互いライバルとして意識し、将来、同じ業種でそれぞれのキャリアを競い合いたい…と思っていた者どうし。異業種でそれぞれの道で働くことになり、それぞれ化粧品店とケーキ屋さんで働いている。

あるとき偶然、コラボイベントをすることになります。大成功をおさめ、それがきっかけで気付けたのです。もし同じ業種でお互いを高め合っていけるとしても、やはりどこかで意識し過ぎていたかもしれない。違う世界で働いていたからこそ、それぞれのキャリアを積み上げてこられたのです。今回こうして一緒にコラボレーションしたことで、お互いをより認め合える関係になったのでした。

子どもの視点から見たバスとトラックのドライバーさん。そして、大人の側から振り返る化粧品とケーキ屋の店員さん。どんな時、どんなふうに人生が開けるかわかりません。とくに何かになった後どうしたいかは、やはり大切ですね。

「八百屋さんになったよ、あとよろしく！」

投げやりというわけではないのですが、私自身が八百屋さんで働いている一瞬をイメージしてみても、それっきりでは、なんだかもったいない気がします。その後どうなるかは、誰かに任せてしまって、知らないうちにその後のことまで決められてしまったとしたら…。せっかく好きな仕事をしたいと思っているんですから、もう少しだけ先の未来まで頭に浮かべてみれば、もっと楽しいかも知れません。

「このあと、どうするの？」と考えながら…。

こんなに持っていていいのだろうか…

どうなりたいか考えて、その後どうしていきたいかも、自分なりに考えてみます。イメージの中にはいろいろな可能性があって、実際にそれを実現させていくことを積極的に思い描こうとしてきました。たとえば、長生きの話。もし千歳を超えるほどの年齢まで生きられるとしたら、どうしたいのか…。そもそも平均年齢の10倍ほどの年月を生きたいのか、自分に尋ねてみたりして。

「Yes!」

自分の中から強い答えが返ってきたような…。自分でも意外でした。

仕事をして家庭をもって…、という生活は二百歳頃までにしておき、その後はゆっくり過ごすことにする。具体的には樹木になり、アマゾン山中で三百年過ごす。そして後の五百年間は、今の私とは別の人として、インドネシアで過ごしたい…。そんな大まかなプランを考えたこともあるくらいです。こういうのは、ただの夢物語といわれてもおかしくありませんね。私は「千年以上生きられるんだから、きっと仙人として長生きするんだろう」と、考えていたのかと思います。それほど長く生きられるのは、民話やおとぎ話では「仙人」として描かれる人が多かったからです。

今の私がもう一度考えてみた時、自分ははたして本当に仙人になっていたいのか（上で述べたように、一時期樹木にはなりますが…）。なんだか違います。その長い時間、人間として別のことをしていたい。本に出てくるような偉い人になろうと思うのは、自分にとっての実感がわかないものだと思います。その人の生き方を参考にして取り入れたいものは取り入れるとしても、私はこう生きたいという、独自の夢や目標の方がしっくりくるようです。そういったことも踏まえて、つくづく感じたことがあります。

この世界にはなんとたくさん、私をわくわくさせてくれるアイディアに溢れていることか！　そして、自分の中からも、新しい考えが湧き出してくることに。いろいろな所からそれらのアイディアをもってきて、どんどん自分に付け足してブレンドしていく。「あ、これも自分のやりたいことだ」「それも実現させよう」。だから、自分を元気にさせ奮い立たせてくれるアイディアや夢はどれだけたくさんもっていてもよいと思えるようになってきました。ただし、それを握りしめたまま、眼の前に積み上げていつまでも眺めているだけではもったいない、と思っています。たとえいま難しい状況にあったとしても、これらを実現していこうとする気持ちは常に働かせていたいものです。行動していって、自分のもつアイディアの箱が一つ、また一つと開いていくイメージが私は好きです。開くたびに、そこから空に向かって飛び出して、きれいな花火になって…という光景。花火ですから、私だけでなく、他の人たちも楽しめるんです。

描くことのできた喜び溢れるような楽しい目標は、その人自身を勇気づけ、生きる元気を与えてくれることでしょう。そして、その夢が実現できた時、他の人にとっても喜ばしいものになると私は思うのです。自分の手元に実現させたいアイディアをたくさん持っていることは、持っているだけで、とてもすばらしいことだと思っています。自分にも他の人たちにも、多くの喜びを分けてあげられるからです。

ヒントはあちらこちらに

なんでもかんでも取り込んできたようでも、やはり私なりの「自分らしさ」はもっていたと思います。とにかく、人にもモノにも関心があり「それはどうしてあるの？」「なんでそうなるの？」と訊いていました。人から答えを教えてもらったり、自分で考えて納得したり。失敗もあったし、今も答えのわからないことがたくさんある。世の中には「不可能」といわれることがたくさんあり、それを聞いているうちに確かにできないような気もしてきて…。「可能性はないよ」と言ってくれた人の言葉は受け入れても、やっぱり納得いかない部分もありました。別に、そう言葉にしてくれた人に何か言いたいことがあるわけではないのです。ただ「本当に、なんにもないの？」と心の中では、つぶやいていました…。

正解は一つではないとよく言われます。私もそれに大賛成です。みんなそれぞれ感性も違うし、育ってきた環境も今の状態も違いますから。だから、私は一人ひとりの感性を大事にしていきたいと思っています。大事にしながら、一緒に大きく育くんでいきたいです。

「1＋1は？」と訊かれたら、「2です」と答えなければ正解にならないですね。そのことは、私はあまり気にならないです。答えは2で合っていますから。でも「もしかして、それは4かも知れない…」という答えを聞いても、私は怒る気持ちになれないです。「どうしてそう思うんですか？」と尋ねてみたいです。そしたら「4」と答えたその人はこう説明してくれるかも知れません。「だって、『いち』と『いち』を足すから4文字になるでしょう?」。なるほど、これも正解だと思います。

私はいろいろなものを取り入れて生きてきました。誤解もあるし間違った考え方も自分に入ってるだろうし、嫌な経験もたくさんしましたし、それらすべてが私の経験になっていると思っています。その中で私が一番よかったと感じるのは、「自分だったらこれがいい!」と思えるものを集めて付け足してこられたことです。中には自分だけで考えたものも入れています。いろいろな人のアドバイスや意見も混ざっています。アニメや教科書やたくさんのものから得たヒントもその一部。そうやって、自分なりに「こうだったら⁉」「こうなりたい‼」と楽しくなるように自分の中に取り込んでこられたこと。それらが、これまで生きてきた私の大きな宝だと思っています。エネルギー源みたいなものだと感じているのです。それは、自分しかもてないもので、他の人にこのエネルギーのもとをあげたくても、たぶん渡せないものかと思います。みんなそれぞれだから。

よりよく前に進むために、お互いに意見を聞き合って取り入れ合うのはすばらしいと思います。そうしたらみんなの視野がまた少し広げられるから。それに、そのエネルギー源もその人その人の時期によって変わっていくのでしょう。何に一番元気を感じていられるか、その時その時で楽しめばいいのでは? そう思うんです。

人間の体だって、心だって、まだまだ知られていないことは、たくさんあると思います。深い海や森で、新たな生き物が、毎年発見されています。同時に、多くの生物がいろいろな理由で、滅んでいっていますが…。人間だって、その体や心の中にこれから発見されるたくさんの「新たなもの」があるはず。地球以外の惑星の上にも、ここととはまったく別の世界の中にも、どんなすばらしい発見があるかわからないです。それに私は思うのです。そういう不思議な世界との間に、どこかに一つでも扉があってよさそうだなあ、と。だからわからないです、すでに絶滅したはずの生き物（たとえばモアという鳥）が私たちの眼の前を歩いている、そんな未来だってあるかも知れません。ふと時間ができた時、今日はなんとなく気分が乗らないなと思う時に「自分だけの元気の素探し」が、ちょうどいい息抜きになるかも知れないですね！　無理しなくていいけど。

いつかきっと…

私が4、5歳の頃にこんなことがありました。

「河童は、本当にいるの？」。そう言いながら、近所にある用水路のような小さな川を覗きこみました。私の横に立っていた人が応えて「河童はいないよ」と言いました。心の中で「ほんとにいないのかなぁ…」と思いながら、しばらく顔を上げられませんでした。今にも何か（河童の子どもかわかりませんが）そっと出てきてくれそうな気がしていたからです。

その川は、深さはそれほどありませんでした。当時の私が手を入れて遊んでもそれほど危険はなかったと思います。でも、泥のにおい！　それだけはどうしても好きになれませんでした。冷たい水に手を入れ（川底まで手を入れてないのに！）、その手を鼻に近づけると泥の匂いがつくほどです。たまに足がすべって片足を濡らすけど、泥水で匂うけど、とにかく大好きな場所でしたから家から歩いてすぐのこの川へはよく遊びに行っていました。河童のことは、ときどき思い出していました。一度も出会っていないのに。

大人の人から「河童はいない」と言われた日に、私なりに納得はしていたのです。昔話に出てくる河童は、川に住んでいると書いてあったけど…、まわりの人も見てないのだから、本当はいないんだな。おもちゃの河童はいつもお風呂場にあって遊べる。でも、それを川にもって行って流しても生きてないから、海まで流れていって、もう戻ってはこないだろうし…。「生きている河童は実際にはいない」と納得し、それでも川の水面近くまで顔を近づけ、河童を探さずにはいられなかったのでしょう。

当時の私は、きっと本物の河童に会いたかったのでしょう。今から思えば、ただ物語の世界を信じてみたかっただけ、と言えるでしょうが、ただそれだけではなかった気がします。「現実にいないものはいない、河童も天狗も、お話の世界の中にしかいない」。よくそういわれているし…。だから、実際出会ったり話したりなんてできないんだろうな…。自分の中で、あるいは誰かに指摘され、「無理」「あり得ない」と一度は思います。でもその後で「いつかは…」「世界のどこかで…」という気持ちだけは捨てることができなかったのだと思います。

あると思ったら、まずは自分なりに探してみる。「できる」と思ったことは、いつか実際にそれが可能になると（自分の中だけでもいいから）、その楽しみをとっておく。河童に会いたいと小川を覗き込み続けた気持ちは、私が後に生きていく力の源泉の一つになっていると思います。ただ、頑固に探し続けるというよりは、「いつかあっさり本当のことになる」という気持ちをずっと忘れないでいる──。そのようにして、今でも私の中に生き続けている気持ちです。これまでの人生のいろいろな時点で、第二、第三の「河童」を楽しみにしつつ、その数を増やし内容も広げながら生きてきたのだと思うのです。三十代になっている今の私が楽しみにしている「動画に触れられるスマートフォン」「カブトムシ型の人工知能搭載ロボット」も、それらの「河童」の一つなのです。

9章

私のこれから、世界のこれから

限界？　それとも…

拉致事件で離ればなれになった人たちは、再び会うことはできないものでしょうか。こういう出来事について考え続けていると、思わず「こんなことが…」と思ってしまいます。突然、北朝鮮に連れ去られそこで工作員の教育係になり、あるいは結婚して家庭を築き、40年以上も生活されている人たち。ごく一部の人たちは日本に戻って来られましたが全員にはほど遠いです。ご家族にとっては、忽然と姿が消え、消息もなく長年やりきれない思いで過ごされていたことでしょう。本当に一時的にでも再会することはできないのでしょうか。

拉致についての本も何冊か読んできました。読みながら、やりきれない思いにとらわれました。でも、ふとこう考えたこともありました。暮らすことになったその場所にもきっと心を通い合わせることのできる人、たとえば結婚相手など、誰か必ずいらっしゃるでしょう。その人たちに支えられながら自由が制限されている環境の中で喜びや楽しみをなんとか見出そうと懸命に生きていらっしゃることでしょう。そう考えると、少しは心が慰められるような気がします。そして、本を読み続ける勇気がまた湧いてくるのです。

そうはいっても、やはりそれぞれの置かれた場所でもどかしい思いで長い年月を過ごしておられることは事実です。このような糸口が見えないように思える事柄に、どうやったら希望を持ち続けて生きていけるのでしょうか。海を隔てた遠くの国、あるいは近くの国どうし、政治的なことも含め、さまざまな理由で自由に往来することも、会いたい人に会えることも難しい…。その海をどんな思いで、何人もの人が見詰めているのでしょう。直接知ることができないことですから、私には本などで知るしかないのです。直接の当事者でない私でもいたたまれない気持ちになる出来事が多くあるものだと思います。

どうにもすぐに解決が難しく見える事柄に直面している方たちがいます。難病や重い障害を懸命に生きながら受け入れている方がいらっしゃいます。海外では、国を追われた難民の人々がいつ故郷へ帰れるとも知れない土地で暮らしています。こういう話題を見たり聞いたりする時、なんとたくさんのことが起きていることかと感じます。

「日々、世界のあちらこちらでいろいろなことが起きている。楽しいこともたくさんあるけど、毎日見聞きするニュースの中にはどうも明るい話題が少ない。人間社会のあり方って、これだけのものなのか…」。

正直こんなことも考えてしまいます。もっとよりよいあり方があってもよさそうなものなのに…。なぜそこまで思うのか、自分でもわかりません。「これが現実、これしかない、という限界を決めてしまいたくない」と思います。ここでいう限界とは、自分の限界を知るとか、それを超えるという意味ではありません。「もっと別の社会、もっとポジティブな社会があってもよいのでは？」という意味合いです。

人間はこれまでさまざまな分野を研究し、たくさんのことを発見してきました。今も、毎日新たな理論や技術、歴史的な遺産が発見されています。どんなことでも社会の発展に役立たないものはないと思います。ただ、これだけ多くのことがわかっていながら「手遅れ」「打つ手がない」という声が聞かれます。私としては、「限界」を感じつつも、もっとよいものを見つめていきたいと思っているのです。

つながっていること

二〇一一（平成22）年3月11日、東日本大震災が起きました。私は自分の家にいて大きな揺れを感じ、大急ぎで外に出ていました。とにかく建物のない方へ、せめて道路までは逃げなくてはいけない。そう思いながら、ふらつく足で舗装道路までたどり着いていました。

揺れは30秒以上続いたでしょうか。家に戻り、すぐ家族や知人に連絡をとりました。幸いにも電話はつながり、無事を確認し合いました。手近にあったラジオをつけると、東北地方の太平洋岸でマグニチュード9の大地震が発生、津波が押し寄せていることがわかりました。どの局も地震と津波の情報を伝え続けていました。

それから数日後、余震が続く中でラジオを手放せませんでした。もう、不安でいっぱいになりました。とにかく〝普通〟に過ごそう。平静を装うのとは少し違う、もっと積極的な気持ちが湧いていました。自分が、とにかく気持ちを静めて、日本中、世界中を一週間以上釘づけにしたであろうこの大きな出来事を乗り切ろうと思っていました。

地震と津波の数日後、近所に買い物に出た私は、異様な静けさに驚きました。人がほとんど歩いていないように感じられたのです。スーパーにも私以外の買い物客が少ないように感じられました。家の中で、テレビやラジオ、新聞やインターネットで被災地のようすを見守っている人たちが多かったからなのでしょうか。不気味なほどしーんとしている…。なんともいえない感覚でした。そのような不安の中で少しずつ少しずつ、被災地が復興に向かって動いていることも伝わってきました。

「今日は、道路が2週間ぶりに開通しました」

「避難所のそばに仮設のお風呂ができ、長引く避難所生活の疲れを癒しています」

こんなささやかな復興の兆しのニュースを聴いて嬉しくなっていました。少しずつ気持ちが明るい方向へ向いていくのを感じました。この大震災を通じて、私自身一番大きく変わった部分は、心の深いところで何かが吹っ切れたと感じたことでした。こんな大きな出来事はなかなか予測することはできません。予想がつかないこと、順調に運ばないこともある。でもそこであきらめるのではなく、希望をもって進んでいく。はっきり意識したわけではないのですが、そんなかすかな決意のようなものが湧いてきたように思います。そして、インターネットでできるだけ明るい動きを見るようになりました。毎日のニュースのトップに来るのは、地震や津波の影響で何が起きたのか、この災害の原因は何なのかということ。そして、被災地で苦労なさっている地元の方、自衛隊の方々のことでした。それらの話題を見た後で少し時間をおいて気持ちが落ち着いてから、とにかく検索していました。当時の私も気持ちの整理に必死だったと思うのです…。そうやって、日々の生活を続けながら、もっと喜ばしい話題はないかと、少しずつ少しずつ、そちらに心のアンテナを向けるようになっていきました。

震災後は、とくに周囲の人々とのつながりを意識するようになりました。ご近所の人にお会いして挨拶を交わし、立ち話してささやかな時間を楽しむ━。たとえそれまでと変わらない他愛ない話でも、お互いに励まし合っている気がするのは私だけではないように思えるのです。

一九九五（平成7）年1月17日の阪神・淡路大震災の時、さまざまなボランティアの人が神戸などを訪れ、助け合いの心の大切さが再認識されたと言われていました。東日本大震災でもそうだったと思います。そして、それぞれの地域で、日本全国で現在もその認識は変わることなく、深まり広がっているように思います。

その一方で、孤独死の問題が話題になった頃、私の住む地域でも続けて数件起こりました。私とも顔を合わせるたびによくお話ししていた一人の方も…。その時はさすがにショックが大きく、それを知って半日ぐらい力が抜けたようになったことを覚えています。

ふだんから、無理のない範囲で近所づきあいを自然にしていること。そうであれば、災害などが起こった時、最寄りの避難所まで助け合って一緒に逃げられるかも知れません。何も起きないにこしたことはありません。平穏な日常での〝つながり〟によって、思わぬところで助け合えるもとになるように思えます。何人かの人に車で家に送っていただいたり、知り合いの人を通じて思わぬところから講演に呼んでいただいたり。このような体験だけでなく、「私も恵まれているなぁ」と、つくづく感じることは、これまでにもたくさんあったと思います。そういえば幼い頃、高いところに乗っていて、大声で叱ってくださった近所の人もいました。冬に積雪のため道に迷ってしまった私をさりげなく家まで送ってくださった知人の方もいた。もちろん読者のみなさんも私と同じような経験を多くおもちのことでしょう。

大震災のあと…

東日本大震災直後の、東京電力第1原子力発電所の大きな事故。「原子炉の入っている建物の中に煙が見える」。私が何かおかしいと感じたのはこのニュースがきっかけだったと思います。放射能を含んだ空気が風に乗って広い範囲に拡散しました。私は途方にくれました。二つのものをただちに手に入れる、それだけで精一杯の状態でした。それは、マスクを大量に買うこととヨウ素液を購入すること。できるだけ早く手に入れて使った方がよいという情報に、あわてて買いにいったことを覚えています。ヨウ素といえば、一九八六（昭和61）年4月26日に起きたチェルノブイリの原発事故。今のウクライナ共和国にあった原子力発電所4号炉が爆発し、大量の放射能がヨーロッパを中心に世界中に広まっていったこと。現地の子どもたちにヨウ素が大量に投与され、甲状腺がんの予防対策が行なわれたこと。ふと思い出していました…。

さて、外に出る時にマスクをつけ、家に帰ればヨウ素液でうがいをする生活を、二週間ほどは続けていたと思います。その間に計画停電が日本全国で実施されました。一日のうちに時間を区切って、なるべく停電が実施される地域が広い範囲にならないよう配慮しながら行なわれたと思います。私はその影響をあまり受けませんでした。停電は一度も経験しなかったと思います。ただ、ほぼ毎日自治体からの計画停電が始まる予定時刻を知らせる放送が聞こえてくるので、注意していました。電気の恩恵を受けての私たちの今までの生活にあらためて思いをはせました。もしも原発を停止しなければならなくなったら、どれだけの範囲の電力事情に影響が出るのだろうかとその時は放射能のことよりも、ライフラインのことを気にかけていたくらいです。

私は、チェルノブイリ事故について、中学・高校時代には、少し意識していただけでした。福井県にある高速増殖炉もんじゅの話題が何度か取り上げられたからです。そして大学生活を送っていた一九九九（平成11）年9月30日、茨城県東海村でＪＣＯ臨海事故が起きたことで、原子力発電所の存在を身近に感じるようになりました。

放射能にさらされるということは、事故とは関係なく常にあるものだと知る機会も何度かありました。それは、原子力潜水艦の内部の様子を取材したテレビ番組を、何度か観たことがきっかけでした。当時のロシア海軍が所有していた大型潜水艦も、原子力エンジンで動いていました。潜水艦で働く人たちの居住環境は快適です。驚いたのは運動のための施設として潜水艦の中に水泳プールが設けられていることでした。恵まれた環境で生活しながら勤務しているけれど、やはり被爆のことは考えなければならない。プールで運動し息抜きしながらも、心の片隅で被爆のことを考えながら任務遂行している人たち。プールと小型の原子炉が同じ船の中にあることに、なんとなくもどかしいものを感じたことを思い出します。楽しみと不安が同居しているようで、観ていて複雑な気持ちになったものです。

しばらくして、マスクをつけるのをやめ、ヨウ素でうがいすることもしなくなった私。福島第1原発のことを忘れたわけではありません。生活は落ち着いてきたし、友人たちの無事も確認できたし、自分の気持ちも静まってきました。計画停電もなくなり、道で出会う人たちとの他愛ない会話も楽しめるようになりました。ただ、今も除染活動を一生懸命なさっている方がいること。そして、原発周辺に住んでいた地元の人は、他の地域へ移り住むことを余儀なくされ、いつ戻って来られるかわからない状態にあること。これらは、新聞などで取り上げられるたび、絶対に忘れてはならない事実だと考えています。

チェルノブイリの事故後、多くの住民が強制的に他の地域へ移動させられることになったといいます。そして移動先で生活する中で、大変な思いをされているとのこと。そのお子さんたちのことも含め、現在の様子が、新聞の特集記事やテレビのドキュメンタリー番組で伝えられています。チェルノブイリについては、福島の事故前から関心を寄せていました。そこから多くを学ぶ機会を私たちに与えてくれた、一つの歴史的出来事として、自分なりに知っておきたいと思っていたのです。原発の事故はとても大きな出来事だけに、すぐに私が何か役に立てるとは思っていませんでした。知ることしかできないけれど、この大きな出来事をただ眺めているだけで終わりたくない、という気持ちだけは持ち続けていたと思います。放射線は、被曝した人自身に影響があるとされます。その影響は、次の世代まで残るかも知れないといわれています。人間以外の生物にも、水や土や大気にも。原発の稼働を続けるのか、完全に廃止するのか。とても難しい問題です。

あり得ないことと思われるのを承知していますが、私は、人体内の放射能を無害なものにしてしまう新たな技術がいち早く開発され、実用化されることを願っています。現在行われている治療と合わせて、体内に蓄積された物質を中和し、その影響が残らないようにすることは絶対にできないものなのでしょうか。動物や植物に残っている放射能もこの方法で効力を失わせられないものでしょうか。

当然と思いますが、今後の原発をどうするのかということも同時進行で考え、そのためには何より立場の違いなど超えてきちんと話し合うことが大切ではないかと思います。私の空想するすばらしい除去方法だけに頼ってしまうのは本末転倒だと考えます。すぐに放射能を害のないものに変えられる技術があるからといって、原発の運転を続けることで、もしかしたら将来事故が起きてしまうのかも知れないのです。その時に、人をはじめ生物の体と心、地球環境を、傷つけてしまうかも知れないのです。もし人体内でうまく中和できたり取り除くことができても、心の傷は残ってしまうでしょう。

汚染物質の無害化、原発をどう扱うのか、心をいたわること。私はこれからの時代、これらについて同時に尽力していくことが欠かせないのではないか、と考えています。

「うまくいく」という思いを乗せて…

外の世界にも眼を向けてみたいと思います。

私たちの住んでいる惑星、地球。すばらしい場所だと思います。数10億年前に誕生したとされています。今の「年齢」の数え方は研究者によってさまざまでしょう。これからも星として元気に、長く生きてほしいものです。

二〇〇三年に打ち上げられた惑星探査機「はやぶさ」のことを、私は二〇一一年に、人から聞いて驚きました。ちょうど東日本大震災から数カ月経った頃でした。

二〇〇三年5月9日に打ち上げられ、2年かけて小惑星イトカワに到達。地表の小さな粒子（サンプル）を回収。小惑星を飛び立ち、二〇一〇年6月13日、地球に帰ってくるのです。

「はやぶさ」のことはその後も映画になり、私も観て、あらためて感動しました。約7年あまり、60億キロメートルもの長い旅。途中機器の故障、通信の途絶など、さまざまな困難を乗り越えて…。本当に大きなことを成し遂げたと思います。しかも、持ち帰った千五百個ほどの微粒子ほとんどが、イトカワで採取したものだとわかったそうです。

私はこの惑星探査機の物語を、今でもときどき思い出します。多くの人のアイディア、知恵、最先端の技術がつまった1台の探査機なのですが、私にはただの機械だとはどうしても思えません。特に、イトカワから地球に変える途中で通信が途絶えたにもかかわらず、奇跡的に見つかったエピソードによって、そう感じさせられました。はやぶさを設計した人たちの願いと、はやぶさ自身の「こころ」が、再び連絡を取り合えることを可能にしたように、感じられたのです。微粒子の入ったカプセルを切り離し、地球の写真を数枚撮り、そのデータ送信中に燃え尽きて、役目を終えたと聞きます。

あきらめない気持ちについて、私にあらためて思い出させてくれます。「はやぶさ」をサポートしてきた人たちは何が起こってもけっしてあきらめず、発想の転換と知恵で一つひとつ切り抜けていったと思うのです。本当に頭が下がります。どんなことでも、必ず乗り越えられる未知はあるのだと、力強く考え直させてくれるように思うのです。

もちろん、こういったことはスポーツの世界にも、商品開発の領域でもたくさんあることでしょう。その一つひとつは、そこで携わっている人たちの「なんとかなる」という強い思いが支えているのだと私は感じます。結果はそのと時々によって違うことでしょう。期待した結果になる時も、そうではない時もあるでしょう。でも、目標に向かって一歩ずつでも歩み続けようとする気持ちが、「はやぶさ」のようなミラクルを生むことにつながっているのではないでしょうか。

文化、価値観、生きるということ

世界のそれぞれの地域でそれぞれ独自の文化が発達してきました。音楽も料理も衣服の色使いも家の建て方も、それぞれ他の地域にはないようなすばらしい特徴をもっていると思います。一つの文化は、他の文化の人たちにも知られて受け入れられていくことで影響を与えたり、そのことでお互いの文化がともに発展していくのだと思います。でも、受け入れられない時、その文化は孤立してしまったり、他の文化をもつ人々によって滅ぼされてしまったりしてきました。人種や民族間でも同じようなことがいえると思います。

資源をめぐっての紛争、宗教の違いによる戦争もあります。一見平和な社会の中でも、命に関わる対立や、結果的に多くの生命を奪うことになる事件や事故が、日々起きています。よく「共存」といわれますが、「共に生きる」とはどんな意味でしょうか。いつも相手に合わせたり仲良くしようとしても、どこかで無理が出てしまうと思いますが、かと言って反対に、無視したりケンカばかりしていても仕方がないです。仲が良い時もあればケンカする時もあります。私は、どの文化でも人種や民族でも個人個人間でも、お互いにたとえ一つだけでも尊敬できたり、「好きなところ」を見つけて、それを忘れないことが大切だと思っています。

私の10代のある日、大好きな友だちと言い合いになり、しばらくお互い気まずい雰囲気になったことがありました。その時は悔しいし悲しいし、これからもずっと話し合えないままなのかと心配になりました。みぞおちのあたりが痛んで元気がなくなりました。友だちもきっと同じ気持ちだったでしょう。仲直りしたら、また二人で楽しく遊べるのだから「何日か経ったら…」と、関係がよくなる日のことを願っていました。でも願うだけでは仲直りの機会は起こりません。とくに自分の方が原因で人間関係がうまくいかなくなった時、申しわけない気持ちでいっぱいでした。でも、同時に、なんとかよい方向になるよう、自分からアプローチしようという思いで、気持ちを奮い立たせていました。友人として一緒にいられれば、やっぱり楽しいのですから。

成人して以降、特に考え方や心情、生き方の異なるさまざまな人に出会ってきました。会った人が人生をどうとらえ、何を一番大切にしているのか、私は失敗を重ねながら学んできました。私の失敗とは何だったのでしょう。それは、私が過去に他の人にして何でもなかったことと同じことを、いま眼の前にいる人にしたところ、その人にとっては気に入らないものであったことです。受け取り方はさまざまであることを、叱られるという体験を通じて身に沁みこませたことがあります。これは、ただたんに多様な人が暮らしているといった抽象的な認識でおさめきれないことだと思いました。貴重な経験だったと思っています。

人とはぶつかる時もあるし、意見が食い違うこともありました。そんな時、自分もイライラするし、相手から素直に意見を聞けないこともありました。そんな場面を物別れに終わってしまうと、お互い後味が悪いままになるでしょう。それ以降の関係の繕いようをなくしてしまう場合もままあることでしょう。その人との関係修復について書かれたマニュアルなんてないので、自分でなんとかするしかないはずなのに…。でも、そんな時だからこそとにかく落ち着いて自分の気持ちを相手に伝えること…、そこから始めるしかないのだと思います。言いたいことや考えていること、相手にどうして欲しいのかについてです。

人がぶつかり合う時、お互いにかあるいは一方が、相手の言い分をよく聞いていないために生じることもあるでしょう。どうして理解し得なかったかわかってくれれば、イライラも不安も収めやすくなります。私はそんな時、「また話し合ってみよう」という気持ちが起こってきました。どちらかがそんなふうに気付ければ、お互いになんとなく声がはずんできて笑顔がのぞくようになる…、そんな経験もしました。こういった楽しくないことが起きて、そしてなんとかうまく解決できた後、こう思ったことが多かったです。

「たとえ一つだけでも好きなところがあったから、相手の言い分が聞けたなぁ。
だって、その人の○○なところが、やっぱり私は好きなのだから」

私個人の経験上のこと、個人間の争いや対立上のでの教訓と、もっと大きい事柄、すなわち民族や人種間の対立、戦争と平和などについてのことが、同次元で論じられることとは考えていません。ただ、大切なことのある部分では個人間の事柄に共通するものもあるように思えるのです。

私たち人類は、産業革命後、移動機械として、自転車を発明したり、蒸気機関車を登場させたり、自動車や飛行機も生み出しきました。それまで想像だけでしかなかったことを、ここ二～三百年ほどの間に次々と実現させてきたわけです。そしてその恩恵を受けて交通手段もがらりと変わり、より便利になってきたんだと思います。ならば、今は心の中で考えていることも、実際に形にできる時がやって来ないとは限りません。でも「心の中で考えること」として大切だと考えるのは、あくまで私たち誰にとっても楽しみや喜びをもたらし、希望や勇気を与えるものがよいのだと考えています。

国どうし民族どうしが争いをしなければならない時、戦う道具や機械が要ります。そこでは誰かが、どのようにすればうまく闘って勝てるかを頭の中で考えたのでしょう。その積み重ねが、戦術や兵法として形になっていったのだと思います。石の槍、弓矢、剣や刀、火縄銃…、どうすれば自分たちがより勝ちやすくなるかを考えた結果なんだろうと思います。でも私が「心の中で考えること」として大切だと考えるものに武器や兵器はあてはまらないものだと思います。

ここで難しい問題だと思うのは、「では、今すぐにすべての武器を捨てて危険な兵器を全部無力にし、そのかわりにすべて生活のためになるものだけを作れるようになるか」ということです。それについて、私は「はい、今からできます、やります！」とは答えられないと思うのです。でもそれだと、「最初から無理、無理と思わずに、楽しい可能性を探し求め」ている私の考えと矛盾しているのではないだろうか？　本当に争いや戦いがやめられる可能性は、あり得ないのでしょうか…。

私は、世界平和は実現できると信じていますし、それは私たちにとって長い長い間、大きなテーマの一つになってきました。これまでも、そして今もいろいろなところで、たくさんの平和を望む人たちが声を上げ活動してきています。一方で同じように、紛争や戦争をそれぞれの思惑や利益のために推し進めようとする動きも、昔からそしてこの瞬間にも続いています。私としては、やはり一人ひとりが「どうしたら、少しでもいま生きているこの世界が、より楽しく希望のもてる場になるのか」を最優先で考えることから始めなければならないと思うのです。それぞれの戦争や紛争で、どちらの国・民族・宗教・グループが良い悪いと考える以前の根本的なこととして、現実を見据えつつです。そうした上で「どうしたらよりよくできるか、心の中で考えること」は実現できるはずです。交通手段もそうだったし、争いのための戦術や兵器などでさえ、「どうしたらよりよくできるか」といった可能性を探ることから始まっていると思うからです。もう一度、シンプルな気持ちで、「よりよい可能性」について考えることで、なんだか楽しい気持ちになる—。そこから、これまでにないものが新しく生まれて出てくるように感じられてならないのです。

世界を広げるということは、私にとってどんな意味があったのでしょう。何かのコツを発見したり、人との違いに思い至ったり、私の体験の中から書いてきました。見える人も見えない人も、それぞれの世界で生きている。そして、お互いをより知り合うことで、一人ひとりの視点を補うことで、いろいろな角度から物事を見られるのではないかと考えるようになりました。そしてそれは、これからのよりよい社会をつくるのに役立つだろうと思っています。

もう一つの窓

ここからさらに、もう一つ別の窓に目を向けたいと思います。この世界には、障害や病気のある人ない人含め、さまざまな人が暮らしています。経済体制の異なる国、紛争や貧困を抱えた国。私たちは、これから、それぞれのものの見方や考え方をお互いに取り入れて、より働きやすいもっと住みやすい社会をつくっていくことが大切だと思います。そうはいっても他者の考え方や視点をなんとかすべてすぐに理解しなければ…とか、無理に取り入れようとする必要もないように思えるのです。まずは、自分自身がどういう考え方をしていてどんな特徴をもっているか。そして、今から将来に向けてどんなふうに生きていきたいか。そう考えているうちに、面白い発見があるかも知れません。

「目が見えない人たちは『心の目』を持っている」とおっしゃる人があります。もしそれが本当なら、目の見えない人は何か特別なのでしょうか。その目で、晴眼者には見えない何かを見通している、視覚以外の他の感覚器官が優れていて、まわりの状況がよくわかる―。その人は他の人よりも優れているのでしょうか…。「目が見えているから自分にはないと思っていたけれど、『人を見る目』という心の目も持っていたんだ！」と気がつく方もいらっしゃるかも知れません。

私はこのように考えています。「心の目」は、目の見える人も持っておられる。私にも、心の目はあるでしょう。それは特別なものでなくて、誰にも備わっているものだと。私は特別な電子レンジを使っていません。私のレンジには点字はついていません。でも、肉を解凍するとかさまざまに活用しています。反対に、視覚障害者用に作られたもので、目の見える人にとっても便利な器具もあります。それぞれの立場の人がその立場の人向けとして使っている製品や制度・しくみ、施設の中にも、他の立場の人々にとって役立つものが通常の想定以上にずいぶんありそうな気がします。このような例もほんの一部かと思います。そして、特別なことなんてない、みんながより明るくより元気により生き生きとそれらが利用でき、そこで楽しく暮らせる社会や環境をつくっていくことはできる―。そのような見方もできるのではないでしょうか。

毎日の暮らしの中で、気持ちがほっこりする（私はこの表現が好きです）ことや「今日も生きていてよかった」と思えるものに目を向けていきたいと思っています。日々の生活では、健康のこと、仕事のこと、人間関係など、いろいろな出来事が起こります。苦しみや悩みを生じることがありますが、楽しくなるものは必ずやってきます。

一人ひとりにしても、さまざまな理由で、動けないことがあると思います。ただ、それは体や心の動きにどうしようもない制限がある、ということではないと思うのです。今のところは改善する余地がないように見える状態であり、出口が見えず、どうにも身動きがとれない状況に生きている…、そのように見えるというだけのことです。もちろん、立場の違いにこだわらないことによって、人々の絆をいっそう深めたりより強く生きることを学ぶ。そうとらえることもできるでしょう。私は、解決できそうにない課題と私たちそれぞれが描こうとする楽しい未来の間に、何か新しい視点があるはず…と確信しているのです。


「一寸先はわからない」といいます。眼の前に何があるかわからない。昔は楽しかったし、あれもこれもすることができた。でもこの先、いったい何が起こるんだろう。もしかしたらこれから先、あんなこともこんなこともできなくなるかも知れない。遠い未来には新しい概念が出てきて新しい技術が発達しいろんなことが解決されている、楽しい世の中になっているかも知れないのに…。気持ちが落ち込む時、ただ不安になっているだけではないのだと思います。それは、過去と今と未来をつなぐ架け橋のようなものを求めている状態だと思うのです。結局それは、自分でつくり上げていく方が、誰かに頼むよりもお得で、早道なのかも知れません。

一秒よりもっと短い未来でさえ、闇ではなく別のものがある可能性もあるのではないでしょうか。私は、今までとは違うもう一つの〝窓〟があるのでは…と考えます。あったらよいと思うのです。それは未来と現在の間を流れるもの。「それは時間のことです」とは言いません。「じゃあ、生きがいですか?」それも違うと思います。ただたんに「信じる気持ち」でもないです。私の感覚では、織物や編み物のように折り重なりつつ広がっているもの。たぶんそれは細胞一つの中にも流れている、大きな可能性だと感じています。ただ「こんなことができる可能性がある…」だけではものたりないのです。発見されつつある、これまで知られていないDNAのことでしょうか。もっと小さな単位、分子、元素でしょうか。または量子レベルの事柄でしょうか。あるいは魂というようなものにも関係することでしょうか。これらの概念が手を取り合い、そしてもう少し拡大した感じ。混沌としているのですが、そこから何かが生まれてくるような感覚。きっと今までにない概念が出てくるんだと考えています。

誰の立場というのではなく、共通にもっている何かなのかも知れません。電子顕微鏡でとらえられるものよりもっと微小な世界を探求してみる。心のもっと奥を覗いてみる。それによって生命の大本に近づいているのかも知れません。今までの概念を取り払ったところに何かがあるかも知れません。統合した新しい概念です。そこからまったく新しい生き方が出てくるかも知れません。その時人類がどれだけ進歩できるのかも知れません。

未来に今までにない新しい概念が出てくるにしても、今この場所でできることは、ないのでしょうか。今の世界にさえ、ふだんの生活からは想像のつかないようなものは、たくさんあります。めずらしい景色や、面白い特技をもっている人々や動物たち、ミラクルとしかいえないような出来事—。それらをTVで観たりインターネットの記事で読んだりする時「こんな世界もあったのか!」と驚かされます。もちろんそれは、たまたまTVをつけたら、あるいはたまたま誰かがツイートしていたなど、向こうからやってくることも多いです。でも自分から探してみると、「こんなことが!」と思える発見にことかかないと思うのです(すべてが百%本物だと言い切れない、感じられないものもあるでしょうけれど…)。

そんな中から、興味をひくもの、関心をもっている事柄で今までとは違う、ちょっと信じられないような情報を得られるかも知れません。そのようにして偶然にあるいは意識的に新しい窓を開いていくと、思わぬところで解決策が〝見え〟てくるのではないでしょうか。

「一つとして同じ考えはなくて、一人ひとりは特別でもなくて、
それぞれよりよくなることができる可能性をもっている。
力強く今を生きながら、今よりもよい未来を思い描いているうちに…、
その新しい窓は、自分の力で少しずつ開けていけるのかも知れません」

ロング・コラムⅡ

近未来へ：私の就活展望

私がこれまで行なってきた活動の一つは、盲ろう当事者に添いつつ、その場で相手の発言や周囲の動きを伝えるという通訳・介助の仕事でした。一般的には、会議とか複数の人の発言場面で、先に発言者の名前を伝え、しゃべられた言葉をそのまま盲ろう当事者に伝えていくというものです。

この通訳という活動を選んだのは、私自身が長年点字をやってきた経験を役立てたいという気持ちの部分が大きかったように思います。それは、盲ろう者の社会参加に役立つ仕事で、とてもやりがいのある仕事です。ただ、この仕事を続けていくうちに、自分としてはさらに別の分野の仕事にもチャレンジしてみたい、そんな思いもふくらんできました。それは今から3年ほど前のことになります。

「こんな仕事もあるんだ」

私は、タクシーに乗っていました。運転手さんが無線で会社のオペレーターさんに道順を案内してもらっている場面に接したのです。無線から聞こえるオペレーターさんの声はとても落ち着いていて運転手さんを的確にナビゲートしていました…。「こんな仕事もあるんだ」と思いました。私にも向いているように思え、私に合っていそうに思え、できそうだとも感じられたのでした。また当時、私と同じく視覚障害者の知人が受話器片手に、点字でメモをとっていたことを思い出します。そういうことは私にもできるし、こういうことを生かした仕事もあるはずだろう、と感じのです。

その時から、もし私がなんらかの仕事に就いたとして、そこで何ができるのだろうかと、おぼろげがら考えるようになっていきました。実際にどんな仕事を、誰が、どのようにに分担して…など、周囲の人から少しずつ教わりつつ、私なりに理解しようと努めてきました。仕事をする上では、「これだけやっていればよい」ということはないのだろう、とも承知しています。たとえどんな仕事でも、複数の小さな、あるいは細かな業務を同時進行でこなしていって成り立つものなのだと思うからです。

さて、これまでの私が〝仕事〟についてどういうイメージを抱いてきていたのか、すこし触れておきたいと思います。私が7、8歳の頃、自分にとって使いやすい製品が世の中にもっとあふれることを願い、考えていた時期がありました。こんな感じです。

洗濯機―当時の洗濯機にはボタンが10個ほどついていたため、どのメニューのボタンを押したのか、そのつど機械の声で知らせてくれたらいいのに…と思っていました。とにかく、仕事をする時に機械がしてくれるいろんな操作を、その機械が私のために読みあげてくれたら…。たとえばワープロですと、フロッピーディスクを本体に挿入したら何が入ったのか、教えてほしい。どんなファイルが入っているのか、「仕事のフロッピー」なのか「消せないファイル（が入っている）」なのか、などなど…。ファイルを、作業内容ごとにフロッピーに分けるのに便利だからです。でも今となってはワープロもパソコンも進化したので、時代を感じてしまいますね。考えてみれば、ワープロソフトを使って何を書くのかも、私自身は当時よくわかってなかったですし…。

また、私たちが使う便利なこれらの電気（電子）機器は、すべて「誰かが作ってくれるものだ」と、子ども心に思いこんでいました。洗濯機やワープロは、見知らぬところで誰かが製造しそれが「ある日突然」お店に入って…。私たちはそれを買い求めそれで仕事をする…。いま振り返ってみると、かなり現実離れしたことを空想していました。

また、社会にある〝仕事〟というものは、なんでもやる前に決まっていて与えられるものだという感じを持っていました。

小学生以降には、大人の人たちがどのようにして仕事に就くのか、電化製品をはじめさまざまなものがどのようにして産み出されるのかを少しずつ知るようになりました。仕事を始めるには就職する必要があること、仕事も日々新しく生まれているという事実などなど。大きくなるにつれ、視覚障害をもつ私は健常者の人とまったく同じように、ドライバーやパイロットの仕事に就くのはどうも無理らしいことがわかってきました。また、目を使う仕事があまりにも多いことにも、だんだんと気付いていったのです。

新聞配達の仕事について考えてみたこともありました。朝、まだ暗いうちから起きて、徒歩で家々のポストに新聞を投入していく。これだったら、目覚まし時計をかけて早起きすればよいしポストへの投函もできるし。近くに住む友人の家に、一人でも歩いていけるのだから、私にもできるかな…？　そう考えたところで、疑問がわいてきます。郵便屋さんはスクーターやバイクに乗って配達に来ることが多い。ずいぶん広範囲の家庭に新聞を届けているようです。運転免許をもっていなければバイクに乗れないし…。それに、近くの家だけでなく遠くの家にも配達するのだから、地図も読めなければならないし…。よくよく考え、やっぱり自分にはこの仕事はできない部分が多い…。

このエピソードは、私が「仕事」「就職活動」について、現実を見る目を開いていった最初のきっかけだったと記憶しています。

自分でもできそうな「会社の仕事」

2年ほど前に、自分の気持ちを見つめ直しながら考え始めました。たとえば、事務の仕事だったらどうだろうか、私にもできるのではないかと。書類整理や来客対応などあるだろうが、その中には私でもできる仕事はないだろうか？　事務の仕事は一人でさまざまな事柄を複合的にしていくのが一般的だろうし、隣りの忙しくしている同僚にいちいち「この図が読めない」と言って手を煩わせて頼るわけにはいかないだろうし。では、パソコンの「画面を見ながら」顧客情報を入力し、同時にお客様に電話対応する、電話オペレーター業務だったらどうだろう。そんなふうに考えを進めていきました。

一方で、気持ちは一時代前の、紙とボールペン、人との会話で仕事を進める、そんな就業スタイルを自分は望んでいるのでは…、とも思いました。私の場合は、紙の代わりに、点字でメモをとればよいのですから…。そのような仕事ならやりやすいのに…。でも、やっぱり私はパソコンを使用した業務だったらできるように思えます。見える人たちと同じように、パソコン操作もできるだろうと思っているのです。画像処理、グラフの作成などは苦手なのですが…。もちろん音声読み上げソフトがなければ何もできないわけではないし、電話対応も、対面しての応対も、できるはずだと思うのです。

さて、10ヶ月前の私は、コールセンターの仕事の求人広告を見て、電話で対応する仕事が多いなと気付きました。私にもできるかも知れないと思い、募集している企業の研究をしてみたり、周囲の人に相談したりもしました。結果、わかったことはそれらの仕事がそれぞれの仕事専用の業務用ソフトを使用しているケースが思った以上に多い現実でした。また、その仕事では個人情報流出やウイルス侵入から会社を守るために、専用のソフトを用いての業務が多くなっているのだと。私にとってはすこし意外なことでした。

専用端末に画面読み上げソフトを導入するのはきっと難しいんだろうな。それでも、オペレーター業務をやってみたい！　何か代替案はないものだろうか？　私は人と話すことが好きだしできるのだから、「画面を見ながら」がクリアされればなんとかなるのではないだろうか。今もパソコンや機械の技術を使って考えられているし。「携帯電話やスマホのカメラで専用端末の画面を1枚の写真に撮る。それを、読み取りソフトで解析し、読み上げアプリで聴きとる」。これだったら、電話オペレーター業務はできるのでは⁉　と思ったりもしました。

目の見える人の助けを借りつつ、仕事探しされている視覚障害の人々と話したこともあります。お話をうかがっていると、どの人も不安をもって探されている中で「何ができきる?」から、徐々に「これもできる」へ、試行錯誤されながら自分のできる仕事を絞っていかれているケースが多いようです。彼ら、彼女らの話を聞きながらつくづく思いました。私は仕事探しが不器用で下手なのかも知れないな、と。ただ、最近は一般に就活してもなかなか思ったところへの就職ができないことが多いこともニュースで聞いて知っています。

企業説明会で…

思い切って参加した企業説明会では、面接で企業側からいくつかの提案をされました。

「営業を希望されるのなら、ショールームがよいかも知れない…」

家電量販店等での営業は、お客様に新しい商品の説明をするだけではないようです。販売にこぎつけて初めて、〝営業職〟といえるのです。販売する際には、契約書に必要事項を書いてもらわなければなりませんし、私はその内容に目を通して確認しなければなりません。それよりは、車や楽器などを置いているショールームで、商品説明をすることに特化した営業職がよいのでは―、と気付きました。ところが実際にいくつかの求人に応募し仕事内容をうかがっていくうちに、説明のみの営業はあまりないことも、わかってきました。

とにかく、目を使わなくてもできる仕事で、一人でもできる職種を見つけたいと思っていたのです。でも、私にとってはとても難しい…。今それを実感しているところです。

お店で最新のスマートフォンを説明するのは「営業」という職種に含まれると思います。その仕事も、来店しているお客さんに最新機種のPRや価格について説明するだけではなく、「このアイコンをタップすると動画を観るためのアプリが開きまして…」、「いま色が緑になりましたから、十分に充電できています…」。

目で確認しながら、操作説明や状況説明もしなければならないわけです。「目を使う仕事はこんなに多いんだ!」ということを、自らの就職活動を通じ、あらためて強く実感しているところです。具体的に就活を始めるまでに抱いていた漠然とした感覚、「眼を使う仕事は多いだろうなあ…」といった程度でしたが、「こんなにあるなんて、はっきりいって知らなすぎた…」というほどの衝撃でした。「営業」という業務もやはり難しいと思い直すようになりました。取引先企業の人、お得意様など、直接人と関わるのは、たとえ歩き回ることが少なくても難しいものなのだと思いました。

さて「就活」している私がその途上で学んだり思ったことも記しておきます。世の中のどんな仕事も、それぞれの人ができる仕事を分担して行なっていくことが大切だと思っています。これは当たり前のことかも知れませんが。どんな業務ができて（または得意で）、どんな作業が難しいのか（または苦手なのか）を知った上で。ここで大切だと思うのは、初めから「この仕事はできないだろう」と決めてしまわない、より柔軟な姿勢ではないでしょうか。また「業務上必要だから」という理由で、企業内に、障害のある社員を援助する専門のセクションを設けてもよいように思います。そこには会議資料を読み上げる人、手話通訳をする人などが常駐しています。その中には主婦（主夫）だった方、一度はリタイアした年配の方などおられて、活気と元気が満ち溢れる部署で、日々のサポート業務をこなしています—。

エレベーターやスロープ、画面読み上げソフトなどの設備面だけで補えないことは、人の力でカバーできるのではないでしょうか。企業全体の効率化やスリム化も、障害者の雇用率の達成も重要な要素です。それを踏まえ、業務に特化しただけではない、多様な人材の発掘や育成も必要な場面は、あるのではないでしょうか。設備も人員も整った社内環境の中で、どんな業務ができるのか、障害をもった人の可能性をより広げていけるように思うのです。

障害のある人もない人も、能力を発揮して社会のために役立てられたら、どんな社会にできることでしょうか。業種や職種を問わずにうまく協力し合えたら、と考えます。

企業で働くにしても、一般枠でも障害者枠でも仕事に就ける会社も出てきているようです。誰でも会社を立ち上げ、またさまざまな年齢の人たちがたくさん働け、働き方も多様な職場。そこでは日々どんどん新たなアイディアが生まれ、そこから新しいサービスや製品が生み出されていくと思うのです。そこでの〝仕事〟で産み出されたものでたくさんの人が恩恵を受けていけるのです。

もちろん、就労をめぐっては、就職率やパワハラ・セクハラ、過労の問題などに留まらない多くの課題もあります。それでも、一人ひとりが自分に合った仕事をしながら、よりよい生活をしていく。そのような社会を一緒につくり上げていきたいと考えます。いま何かの事情で、現在は働けない、あるいは働いておられない人たちもいらっしゃるでしょう。でも、何かしたい、役立ちたいという思いは、どんな形であれお持ちなのではないでしょうか。その気持ちを膨らませていったら、新しいアイディアが生まれてくるかも知れません。その思いを誰かに伝えたら、仕事につながるすばらしい出会いが訪れるかも知れません。

私は、すべての人々にとって有益な、何か大きな提案をしたいのではありません。ただ、〝仕事をしていく〟ということについて何か、これまでと違う見方が必要なのではないかと感じているのです。さまざまな仕事を思い描いていくと、障害の有無、年齢や性別を越えて働ける環境がきっとつくり出せるはずだと考えています。仕事の選択肢がとても広く、誰もがそれらから自由に選択していける世の中になれば…と願います。私自身も、この社会で自分のやりたい仕事を選んで、一生懸命、社会に役立てていきたいのです。


「自分には何ができる?」

「自分にはどこまでできる?」

「できる仕事をもう少し広げて、あれもできるかも知れない」

「自分のできるこの仕事と、他の人のできる別の仕事を組み合わせたら?」


私には今までにはない新しい可能性や、異業種の人たちとの新しいつながりが、ぼんやりと、見えてきそうな気がしてきています。

近い未来に向けてできそうなこと

近い未来に向けて私がいま思い描いていることを一つ。図書館での対面朗読、外出時の同行援護(ガイド)サービスなどは、主に視覚障害の人向けのものだと思われていて、私も実際利用しています。目の見える人がこれらのサービスを受けることは、今はできません。もし、視覚障害者の視野や視力が改善したり取り戻せたとしたら…、と想定します。その人はいきなり一般文字を読めるようにはならないでしょう。最初は新聞を読みたい。まずはひらがなだけ、次は読めそうな大見出しだけ。今朝はその中の地名だけ読みとれたぞ！　今日は図書館で対面朗読サービスを受ける日。内容を知りたいから新聞を持参して、記事の本文を、朗読サービスの方に読んでいただこう。次は…そうだ！　友だちにはがきを出してみたい。

そういう人が、引き続きガイドサービスも利用しながら代筆をお願いすることはできないでしょうか。たとえば、知人にはがきを出して、視力が改善したことを伝えたい時、まずは字を書く練習のサポートをお願いします。最初はひらがな、カタカナを。次は知っている（新たに覚えた）漢字を。はがきの文面は自分の字で、眼を使いながら、心をこめて書きたい。だから練習します。サポーターの眼の助けを借りながら…。時には手をとって次の文字を書きだす位置を教えていただきながら…（私ごとながら、この本のオビの文字［墨字］も、主に代筆サービスでサポートを受けつつ書き上げることができましたので、実体験をもとにしています）。自分の文字で書き始める…。3、4回サービスを受けて、1枚のはがきを出すことができました！（双方の住所は代筆していただきます）。目標達成しました！　その間に、今度はご家族に見ていただきながら、自力で家の住所を書くのが、上達していくのを感じる点。「よし、2枚目は住所も宛名も本文も、自分で書いて出そう」といった楽しい計画も出てくるでしょう。こんなことをサポートする仕事が必要になるのでは…？　これはほんの一例です。もちろん、コンピュータや機械がこういう仕事をしてくれるようになるかも知れませんが、ナマの人間がそういうサポートができれば重要な仕事となるでしょう。また、そのような機械を設計したりつくったりする時に、研究・開発している人たちの優れた技術力が（たとえば人工知能など）役立つことでしょう。利用者の要望を「聴きとって」記憶します。字を書くサポートを重ねる中で、機械自身が「考え」たり「学習」したり。そのようにして、よりよい「お手伝い」をしていきます。そしてもう一つ、多くの、障害当事者の（当事者であった）人たちが一緒に取り組むことで、いっそう優れたものになっていくことを忘れてはならないでしょう。お互いに協力し合うことで、より人間らしい、性能のよいものをつくり出せていけるのではないだろうか、などと思うのです。

私は社会のさまざまなところに、立場の異なる人々がもう一歩、お互いに歩み寄ることのできる領域は、まだまだあるように思うのです。

このようにして、人や機械の手を借りながら、今までに経験したことのない未知の事柄を体験していけるとしたら、それは素敵なことではないでしょうか。

私は今、こんなことをしたいと考えています。異なる業種や職種の人たちを結ぶ架け橋になりたいです。それぞれの仕事内容を活かしながら、それらを組み合わせた、新たなものを作ることをしていきたいと思っているのです。これまではお互いに関連性がないように思われていた事柄を結び付けることで、可能性が生まれ、それがかたちになって、仕事といえるものが生まれてくる――。これを私自身の〝仕事〟を一つとして、これから、実現させたいのです。

あとがき

『視界良好』を二〇〇七年に出版してから、10年の月日が流れました。

この間、眼の前にあることを、私なりに楽しみながら生きてきました。講演活動、通訳活動。就職活動にもチャレンジして、そこから私がやりたい事柄が見えてきたように思います。また、幼い頃からの生活を、一つひとつの感覚（手や耳）に絞らない、もう少し大きな広がりでとらえてきました。それらの中で出てきたものを形にしたのが、本書『視界良好2』です。

・感覚の広がり
・見えないこと、見えること
・人によって感じ方は異なる
・夢や希望、大きな可能性
・価値観、文化とはなにか、人間とはなにか

紙面の都合上もあり、すべてをこの一冊に書き記すことはできませんでした。この本の中で書いて

きたことは私の世界が開けていく楽しさ、その中でとりわけ私にとって意義深いものを選んだつもりです。

本文にも書きましたが、一つひとつの水晶の結晶と人間一人ひとりも、同じものなのかも知れません。あるいは、輪一輪の草花と、違うところはないのかも知れません。だから、必要な時に一人ひとりが「これがいいなぁ」と思う方を、生きていく。それが一番なのではないでしょうか。

個人、社会のいろいろな事柄を、今よりもほんのわずかでも、喜ばしいものに変えていけたらよいなぁ…。これまで、こんなことをずっと考えて生きてきました。その中で、私なりに見えてきたテーマは

〝可能性を見つけて、それに近づいていく、そして、そうなっていく〟

というものです。

これからの将来に向け、読者のみなさんの世界、そして私の世界が、どのように広がっていくのかはわかりません。でも、だからこそ、今のこの瞬間と、ほんの少しの未来を、楽しく見つめることもできるのではないでしょうか。

どこまで〝見たい〟のでしょう。私の探求は、これからもずっと、続いていきそうです！

最後になりましたが、テーマの選定から執筆、校正など全般にわたって尽力くださいました、北大路書房編集部の皆さまに、厚くお礼申し上げます。

【執筆者紹介】

河野泰弘（こうの・やすひろ）

1980年　アメリカ・カリフォルニア州に生まれる。生まれた時から全盲（両眼）。現地で視覚障害児向けの幼稚園に通い，手や指の感覚を開くこと，飲食はじめ体全体を動かすことを学ぶ。

1983年　３歳で，家族とともに帰国。日本の保育園では人との関わりを，また同時期に視覚特別支援学校（盲学校）では点字や感覚の使い方を学んだ。小学校～高校まで統合教育を受け，普通学校で学ぶ。学校生活を通じ，視覚障害者（目の見えない人）と晴眼者（目の見える人）が，世界をどうとらえているか，その価値観や世界観の差に関心をもつようになる。

2003年　中央大学法学部を卒業後，同大学文学部に学士入学する。

2006年　中央大学文学部教育学科心理学コースを卒業。

卒業後は，盲ろう者向けの通訳者・介助者としての活動を行なってきた。同時に，都内の市立小学校に教育相談員として勤務を始め，2016年まで児童からの相談を受けてきた。白杖や点字教科書に触れることでの交流も深められ，活動を通じ自身もより前向きな気持ちになれてきている。加えて，東京都内をはじめ，複数の小・中学校での講演活動，授業アシスタントの活動も継続してきている。

10代後半から視覚特別支援学校や公共施設をはじめ，さまざまな場所で講演活動も行なってきている。その中で，都内FM局，コミュニティ局のラジオ番組出演も経験する。2009年１月４日，「天声人語」（朝日新聞）での著書紹介などをきっかけに，大学などにも活動の場を広げた。2013年12月には「聞いて聞かせて」（NHKラジオ第２）に出演した。

最近は，一般企業への就職活動等を通して社会との関わりを深めている。東日本大震災をきっかけに，社会の出来事と人々の生活にも，より強い関心を向けることになる。未来に向け，人間や世界のあり方のより良い可能性を，多くの方々とともに考えていきたいと思っている。

著　書『視界良好　全盲の私が生活している世界』（北大路書房，2007年，単著）
『ディスコミュニケーションの心理学』（東京大学出版会，2011年，分担執筆）

視界良好２　視覚障害の状態を生きる

2017年４月10日　初版第１刷印刷
2017年４月20日　初版第１刷発行

定価はカバーに表示してあります

著　者　河野　泰弘

発行所　（株）北大路書房
〒603-8303　京都市北区紫野十二坊町12-8
電　話　(075) 431-0361(代)
ＦＡＸ　(075) 431-9393
振　替　00150-4-2083

印刷／製本　亜細亜印刷（株）
検印省略　落丁・乱丁はお取り替えいたします。

ISBN978-4-7628-2962-8　Printed in japan